董崇選——著

中英翻譯

從理論到實踐

前言

本書分兩部分：先從理論方面談翻譯，後從理論的實踐方面談中、英翻譯。在兩部分裡，均以中、英翻譯的例子來說明論點，也以中、英翻譯的題目來充當各章的作業。因此，本書取名為《中英翻譯：從理論到實踐》。

本書為供「中英翻譯」課程使用的教科書。既為教科書，內容便以「精要實用」為原則，特殊的論點細節不在書內進行格外深入的探究，只求講述清晰，希望足以引介各章相關要點。全書兩部分，每部分七章，共計十四章，可供一學期之快速講授，亦可供兩學期之正常授課。每章均有「講解」與「作業」，另附「作業參考答案及提示」。「講解」可在課堂上當授課內容，「作業」可供學生在課後複習或練習使用，「作業參考答案及提示」可供檢討作業成果用。

本書作者既有研究翻譯的心得，也有實際進行翻譯的經驗與成就，更曾教授翻譯課程，知悉學生的「翻譯須知」。在本書中，大部分的見解為眾多翻譯著作都會提到的，但也有一些觀念與術語是作者提出的「創見」。例如，本書作者認為翻譯的三大目標不是「信、達、雅」，而是「信、達、恰」，而「信、達、恰」（“Fidelity, Fluency, Felicity”）三個目標是設在「義、音、形、境」（“Sense, Sound, Shape, Situation”）四個層面上。因此，翻譯是在四個S的層面上企求達到三個F的目標。針對這些目標，除了進行一般的「意譯」（sense[-based]translation）之外，偶爾也要進行「音譯」（sound[-based]translation）和「形譯」（shape[-based]translation），有時更必須「境譯」（situation[-based]translation）。

翻譯是一種藝術，藝術是一種抉擇的功夫。抉擇靠膽識，靠直覺與學養。要中翻英，或英翻中，譯者就要先學好中文與英文，也要先熟悉中、外的文化並通曉許多知識，更要不斷練習翻譯，那樣才能有足夠的分析力與決斷力，才能及時做最好的抉擇，才能產出許多信達恰的譯文，也才能成為不折不扣的翻譯家。本書希望能幫助許多譯者成為翻譯家。

除了當教科書以外，本書也可當參考書。有意增進中、英翻譯能力者，隨時都可使用。本書作者在「懂更懂學習英文網站」（DGD English-Learning Website）有〈大家一起翻〉和〈中英翻譯能力測驗〉兩個相關節目，那些節目可以配合本書讀者參考使用（http://dgdel.nchu.edu.tw）。

董崇選　謹識

contents 目次

第一部分

理論

第一章　翻譯的定義與種類

講解

1.1 「翻譯」（translation／translating）是一種人類的行為或該行為的過程。翻譯是把原本用某種語言所說或所寫的話語，按照相等原則，用另一種語言加以重新說出或寫出的行為或過程。原本用某種語言所說或所寫的話語就是「原文」（the original[text]）。按照相等原則，用另一種語言加以重新說出或寫出的話語就是「譯文」（the translation）。如果某原文不是只有幾句話，而是一個「作品」（work），那麼該原文就是「原作」（the original[work]），而其譯文跟著就是「譯作」（the translation）。因此，「翻譯」也就是按照相等原則把「原文」或「原作」變成「譯文」或「譯作」的行為或過程。中文所謂「一個翻譯」或英文所謂“a translation”，是指一個經過翻譯所產生的結果，那也就是「一個譯文」或「一個譯作」。

1.2 翻譯時，原文所用的語言叫「源頭語言」（the source language），譯文所用的語言叫「目標語言」（the target language）。源頭語言和目標語言可能是國際間的兩個語言，如中文／漢語 和 英文／英語；可能是兩個不同時代的同一種語言，如古英文（Old English）和現代英文（Modern English）；也可能是同一種語言的兩個方言（dialects），如中文裡的 普通話／北京話 和 閩南語或廣東話。一般的翻譯，所牽涉到的源頭語言和目標語言，通常是國際間的兩個語言，較少是古代語與現代語，或兩種方言。

1.3 既然翻譯含蓋說與寫，翻譯便可分為「口頭翻譯」（oral translation）與「書寫翻譯」（written translation）兩種。在中文裡，前者簡稱為「口譯」，後者簡稱為「筆譯」。我們一般所謂的「翻譯」，指的是「書寫翻譯」或「筆譯」。而一般所謂的「口譯」，實際上往往是一種「口頭詮釋」（oral interpreting／interpretation）[1]，是把採用某種語言所說的話語，用另一種語言的話語來加以約略的「詮釋」，並不是極為相等的「翻譯」。

1.4 「翻譯」（translation）有別於「詮釋」（interpretation）。理論上，翻譯要求相等的譯出原文的一切「文字細節與旨趣」（verbal detail and interest），詮釋則只求釋出原文的「基本含義」（basic meaning）或「大體用意」（general significance）。通常，在現場用口頭去翻譯某對話或某演講時，由於時間倉促，譯者無法充分思考，因而那翻譯往

[1] 請注意：英文“oral interpretation”一詞，在表演藝術界，是指（戲劇般）朗讀文字作品所表現的「口語詮釋」行為，不是指用口語來翻譯別人的話語。

往只是詮釋而已，不可能把原文的一切細節與旨趣都翻譯出來。因此，在大學裡，訓練「口譯」的課程，其英文名稱往往叫"Interpretation／Interpreting"，不叫"Translation／Translating"。

1.5 既然「詮釋」只針對原文的基本含義或大體用意，「詮釋」往往很像「意譯／釋義」（paraphrase）。不過，詮釋可能是比意譯還更不精確、更不嚴緊的「鬆散翻譯」（loose translation），它往往不太顧及言語細節，而是僅僅把要旨說出而已。把某人一段很長的話，用一句「他說他很愛你」來詮釋，那種詮釋很難說是意譯。把一本小說詮釋為「它指出為善才有善終」，那種詮釋是一種釋義，但也很難說是意譯。根據言語細節來意譯或釋義的最佳例子就是：在中文裡，用語體文來翻文言文。在英文裡，用一句話來解釋另一句話，例如用"I am now on the horns of a dilemma"來解釋"I am now between Scylla and Charybdis"，那也可能是意譯或釋義。不過，用同一種語言來意譯或釋義，通常不該叫它為翻譯。翻譯應該是兩種語言之間的事。

1.6 依進行的方式，口譯常被分成「同步口譯」（simultaneous interpretation, SI）和「逐步口譯」（consecutive interpretation, CI）兩大類。「同步口譯」是譯者（interpreter）與講者（speaker）「幾乎同時發聲」的口譯。其實，那是講者一直講而譯者一直跟著稍後加以翻譯／詮釋的口譯。「逐步口譯」是講者講一段停下來讓譯者翻譯／詮釋，然後再繼續

「講一段譯一段」的連續口頭翻譯。有時，「逐步口譯」還可依據停給翻譯的時間或長或短，再分成「長的逐步口譯」（long CI）和「短的逐步口譯」（short CI）兩種。在長的「逐步口譯」中，譯者可能有時間把講者講話的要點筆記下來，然後進行口譯。在短的「逐步口譯」中，譯者就只能靠自己的記憶力抓住要點。

1.7 學習語言包括聽、說、讀、寫四種能力，翻譯可算第五種能力。不同種類的翻譯，牽涉到不同的語言能力。口譯是用到「聽（原文）」與「說（譯文）」的能力，筆譯則用到「讀（原文）」與「寫（譯文）」的能力。有一種比較特別的翻譯叫「看譯」（sight translation）。它是用到「讀（原文）」與「說（譯文）」的能力。在進行看譯時，譯者（interpreter）看的原文是用某「源頭語」寫成的文字，而他一邊看卻一邊用某「目標語」以口頭方式把它的內容翻譯出來。例如，在使用中文的法庭上，譯者一邊看某英文文件，一邊用中文口譯那文件，那就是「看譯」。這種翻譯可以說是書寫翻譯與口頭詮釋的混合。

1.8 相對於「看譯」的是一種類似「聽寫」（dictation）的翻譯，這種翻譯牽涉到「聽（原文）」與「寫（譯文）」的能力。它還沒有正式的名稱，但我們可以稱之為「聽寫翻譯」（dictation translation）。例如，美國記者到中國採訪新聞時，他聽到中文的原文，卻直接用筆來記下英文的譯文，然後把譯文報導在英文的報紙裡。「聽寫翻譯」可以說是口頭詮釋與書寫翻譯的混合。

1.9 雅克慎（Jakobson, 1959）曾把翻譯分成三大類：語言內的翻譯（intralingual translation），語言間的翻譯（interlingual translation），和符號間的翻譯（intersemiotic translation）。語言內的翻譯，其實就是釋義或「換話說」（rewording），像中文裡把「文言」換成「白話」來說。符號間的翻譯，其實是兩種符號系統間的「轉變」（transmutation），像把文學（的文字符號系統）轉變成音樂（的音符符號系統）或圖畫（的色彩與線條符號系統）。我們一般所謂的翻譯是指語言間的翻譯，不是指語言內或符號間的翻譯。

1.10 英國朱艾頓（John Dryden）也曾把翻譯分成三類：「轉譯」（metaphrase）以字譯字，以行譯行，既重含義也重字詞；「釋譯」（paraphrase）專注於原文的意思（sense）而非字詞（words）；「仿譯」（imitation）則只領會到大的意思（general hints），不顧原文的字詞及含義而自由翻譯（17）。我們所說的翻譯，通常屬於前兩者。仿譯已經接近重新創作，而遠離了翻譯的「相等原則」（principle of equivalence）。最能顧及相等原則的是「轉譯」。不過，轉譯的手法如果變成「逐字的字面翻譯」（word-for-word literal translation），例如把「人山人海」譯成"people mountain people sea"，那種字面翻譯也不是一般所謂的翻譯。

1.11 英國紐馬克（Peter Newmark）說：譯者一直擺蕩在「逐

字翻譯」（literal translation）與「自由翻譯」（free translation）之間，但近來大家都比較喜歡後者，因為後者要專注的是「精神而非字詞；意義而非話語；訊息而非形式；料子而非樣子」（1988, 45）。他列舉了八種翻譯或翻譯法，他說其中四種（包括逐字翻譯）是強調原文／原作的語言，另外四種（包括自由翻譯）則是強調譯文／譯作的語言。[2]

1.12 文字有字形、字音、字義三個層面。目前世界上的眾多語言中，仍有不少是僅有口語，沒有文字。無文字系統的語言，翻譯時當然只能口譯，無法筆譯。就算已經有文字系統的語言，如果進行口譯時，也只牽涉到語音和語意的層面，沒有牽涉到字形。按照針對的語文層面，翻譯可分成「意譯」（sense[-based]translation）、「音譯」（sound[-based] translation）與「形譯」（shape[-based]translation）三種。意譯是「以意譯意」：以譯文語意來譯原文語意。音譯是「以音譯音」：以譯文語音來譯原文語音。形譯則是「以形譯形」：以譯文形貌來譯原文形貌。一般的翻譯都是以意譯為主，偶爾才用音譯或形譯。其實，音譯通常只針對特定的某些字詞，例如，把“boycott”譯成「杯葛」或把「孫逸仙」譯成“Sun Yat-sen”。形譯則通常不是針對字詞，而是針對字詞

[2] 前四種為 word-for-word translation, literal translation, faithful translation, semantic translation; 後四種為 adaptation, free translation, idiomatic translation, communicative translation. 見其 *A Textbook of Translation*, pp. 45-47.

所排成的作品形貌。[3]例如，把一首用英文字排成老虎形狀的詩，用中文字照樣把它排成老虎的樣子。

1.13 標點符號（punctuation marks）是「形」的一部分，筆譯時也要把「有無標點符號」和「有何標點符號」所造成的形，一併翻譯出來。一首詩裡，詩行的長短與詩節的形式（stanzaic forms）也是可見的「形」，筆譯時也得顧及。原文中的字體（typeface）變化，所用的特殊符號，所附的圖表，乃至故意留下的空白，也應該是「形譯」時要考慮到的部分。

1.14 有形、有音、有義的語文，一旦被使用，便有了語用（pragmatic）的層面，那也就是語境（contextual）的、情境（situational）的層面。如果把這一層面也列入考慮，除了意譯、音譯、與形譯之外，另一種翻譯便是「境譯」（situation[-based]translation）。[4]「境譯」是「以境譯

---

3 目標語的字形通常不可能很像源頭語的字形，如英文"school"一字的形狀看起來不會像中文的「學校」一詞。在廖柏森等多人合著的《英中筆譯1》一書中，「形譯」用以指「以外觀特徵為重點譯入目標語，跳脫來源語的發音、字面意思或內在性質，以求容易理解」的翻譯（頁140），例如將"T-shirt"譯為「T恤」、"low cut dress"譯為「深V洋裝」、"zigzag"譯為「之字形」、"boxer"譯為「四角褲」、"U-iron"譯為「馬蹄鐵」、"bow"譯為「蝴蝶結」等。其實，這不是真正的「形譯」：將"T-shirt"譯為「T恤」是音譯，其他將"low cut dress"譯為「深V洋裝」…… 而"bow"譯為「蝴蝶結」等，是意譯（就像將"lemon tree"譯成「檸檬樹」一樣，並非以中文字詞的外形來譯英文字詞的外形）。

4 「境譯」是本書作者提出的新名詞與新觀念，它跟「形譯」與「音譯」一樣，是屬於比較少用的翻譯方式。它常牽涉到特殊情境的「固定用語」（set expressions），如感嘆詞、問候語、標語、告示、儀式用語等。

境」，拿「某情境的特定用語」來翻譯「同一情境的特定用語」。例如，當手被夾到時，講英文的人說“Ouch！”。把那感嘆詞譯成「哎喲！」時，並非音譯、意譯、或形譯，而是對應情境的「境譯」。同樣的，把書信起頭的「敬啟者」譯成“To Whom It May Concern”，那也不是音譯、意譯、或形譯，而是對應情境的「境譯」。

1.15 趙元任曾區分“semantic translation”（語意的翻譯）和“functional translation”（功能的翻譯）。[5]一般的翻譯是前者：按原文的語意來翻譯。如果考慮的重點移到原文的功能（即使用的場合、目的、與效用等），那就是「功能的翻譯」。其實，「功能的翻譯」就是考慮到說話情境的「境譯」。[6]把“Help！”譯成「救命啊！」，那是考慮到求救的功能。那句話用於求救的場合，帶有求救的目的，也可能造成求救的效用。

1.16 趙元任還區分“literal translation”（字面的翻譯）和“idiomatic translation”（成語的翻譯）；前者往往等同“fine-grained translation”（細粒的翻譯），後者則等同“coarse-grained translation”（粗粒的翻譯）。[7]把“I am as poor as a church mouse”譯成「我窮得像教堂的老鼠」，那是前者（按字面

---

5 見Chao, Yuen Ren. *Language and Symbolic Systems*, p. 152.

6 按語言行動理論（speech-act theory）的觀念，「功能的翻譯」或「境譯」就是能看到 locutionary force（詞語的要義）以外的illocutionary force（詞語兼帶意向的要義）以及 perlocutionary force（詞語兼帶效用的要義）。

7 見Chao, Yuen Ren. *Language and Symbolic Systems*, p. 153.

細節來翻譯）；把它譯成「我一貧如洗」，那是後者（按整體大意依通順的[中文]成語來翻譯）。

1.17 趙元任更分辨"overtranslation"（過分的翻譯）和"undertranslation"（不足的翻譯）。前者是翻得過分了（帶有多出的成分），例如把"I put on my hat and went on my way"翻成「我戴上我的帽子而走上我的路」（其實譯成「我戴帽子，上了路」就好）。後者是翻得不夠（帶有少掉的成分），例如把「我表妹」籠統的翻成"my cousin"而不翻成"my female cousin on my mother's（or paternal aunt's）side youger than myself"。[8]

1.18 有人區分"overt translation"（顯然的翻譯）和"covert translation"（隱然的翻譯），前者是譯文（放在接受它的文化裡）被看得出顯然是翻譯的結果，後者則看不出是翻譯的結果。前者可能保留太多源頭語與源頭文化的特徵，後者則經過再造的過程，暗中把源頭語與源頭文化的特徵歸化成目標語與目標文化的自然樣貌，讓人看不出那是翻譯（House, 98-100）。把*Gone with the Wind*的女主角名字"Scarlett O'Hara"譯成洋味十足的「司卡麗特・歐哈拉」，在中文的

[8] 見Chao, Yuen Ren. *Language and Symbolic Systems*, p. 154. Peter Newmark認為 overtranslation就是有 increased detail; undertranslation就是有 increased generalization。見其*Approaches to Translation*, p. 7. 翻譯通常不可過頭，也不可不足，但有時過頭或不足是必要的。"I put on my hat and went on my way"就應該不足翻譯成「我戴帽子，上了路」。把"my cousin"弄清實際的關係而過度翻譯成「我表妹」，總比譯成「我的堂兄弟姊妹或表兄弟姊妹」好。

文化裡，那是「顯然的翻譯」。如譯成類似漢人名字的「郝思嘉」，那就是「隱然的翻譯」。[9]

1.19 分類是人為的工夫。按照任何標準，都可以把翻譯加以分類。例如，按照原文與譯文的長短單位，可以分成「字詞的翻譯」、「語句的翻譯」、「段落的翻譯」、「篇章的翻譯」、「整部作品的翻譯」等。按照所翻的文類，可以分成「文學作品的翻譯」（包括詩歌翻譯、戲劇翻譯、小說翻譯、散文翻譯等）和「非文學作品的翻譯」（包括人文社會科學文章的翻譯、自然科學與應用科技文章的翻譯、日常生活報導的翻譯等）。林語堂按照譯文對原文的忠實程度，把翻譯分成直譯、死譯、意譯、和胡譯四種。比較忠於原文字詞的是「直譯」，比較忠於原文含義的是「意譯」，而過分忠於字詞的是「死譯」，過分不忠於含義的是「胡譯」。胡譯等於誤解後的仿作。[10]

1.20 翻譯確實不是「創作」或「創意的寫作」（creative writing）。「創作」是作者在經歷人生後，有技巧的把心思（ideas）或感受（feelings）用文字表達出來的行為。創作所根據的是來自人生、來自經驗世界的心思或感受。翻譯所根據的則是經由創作所產生的東西／作品。或許我們可以說：讓人經驗的整個世界是上帝創造的「大文」（Great

---

[9] 關於此姓名的翻譯，在本書作者的「懂更懂學習英文網站」之〈大家一起翻〉節目中的〔翻24〕中，有較詳細的討論。

[10] 詳其〈論翻譯〉，pp. 34-36。

Text），作者寫出的作品是他個人創造的「小文」（small text），而「大文」就是「小文」的「原文」。因此，創作就是把「大文」當做原文而將之轉成「小文」的特種「翻譯」。

1.21 其實，創作不只是將大文轉成小文，它也將「外文」轉成「內文」後再轉成「外文」。大文或外在的世界就是供人經驗、供人「閱讀」（reading）或詮釋的「外文」（external text）。經驗或「閱讀」世界／大文／外文之後，在內心產生的詮釋或想法就是「內文」（internal text）。把內文或內心的想法用文字寫成作品或小文，就是把「內文」再變成可以讓人經驗或閱讀的「外文」。創作的作者將其小文等同其認知的大文，也將其創造的外文等同其心中的內文。所以說，創作和翻譯一樣，都是一種「按照相等原則」所進行的「變文」（text-changing）過程，都是把外文加以「內化」（internalize）然後又加以「外化」（externalize）的行為。創作和翻譯都認為：其閱讀之外文＝其詮釋的內文＝其創造的外文。[11]只不過：作者閱讀的外文是上帝創造的外文，譯者閱讀的外文是作者創造的外文。作者寫出的是使用源頭語的原文，譯者寫出的是使用目標語的譯文。既然如此，翻譯也可以視為一種特殊的創作。[12]

---

[11] 關於大文、小文、外文、內文等之相互關係，詳董崇選《文學創作的理論與教學》（pp. 44-48）之討論。

[12] 余光中教授曾說：「翻譯也是一種創作，至少是一種『有限的創作』。同樣，創

1.22 翻譯也不是「批評」（criticism）。可是，翻譯和批評都是以創作產生出來的小文為根據，然後進行「加工」的行為。只是，評者是直接明顯的表達自己對原作／原文的看法，譯者卻只有間接在暗中表達自己對原作／原文的看法。例如，把《紅樓夢》的書名譯成*The Story of the Stone*, *Dream of the Red Chamber*, *A Dream of Red Mansions*, *Dreams of the Red Mansions*等四種不同的版本，[13]便是代表四種對原作的不同詮釋或批評。由此可見：翻譯可以視為一種隱性的批評。其實，事先對原文或原作沒有精確的批評／詮釋，譯者也不會產生很精確的譯文／譯作。

1.23 為了能有精確的批評／詮釋，譯者（尤其是筆譯的譯者）在翻譯之前，往往要對原作／原文進行徹底的研究。所以說，翻譯的過程往往不是單純的按相等原則把「原文」變成「譯文」而已，其間還會帶有研究的工夫。只是有些譯者學識淵博，又精通源頭語與目標語，對他而言，翻譯某段話或某作品，可能好像不需另外進行什麼研究的工夫。因此，「研究」似乎可以不算「翻譯」的必要條件（sine qua non），也似乎不必列入「翻譯」的定義中。其實，當法國

作也可以視為一種『不拘的翻譯』或『自我翻譯』。」（124）。其實，創作受限於上帝的大文，翻譯受限於作者的小文。創作能不拘地以自由心思寫出創作，最自由的翻譯也能不拘地以自由心思寫出譯作。

[13] 前三種譯名為David Hawkes&John Minford，C. C. Wang，和Hsien-yi Yang & Gladys Yang的版本，後一種為本書作者認為較佳的譯名。在「懂更懂學習英文網站」之〈大家一起翻〉節目中的〔翻19〕，有相關的討論。

學者吉爾（Daniel Gile）說翻譯的過程包括「全面瞭解」（comprehension）與「重新形塑」（reformulation）兩階段時，或當美國學者奈達（Eugene Nida）說翻譯分成「分析」（analysis）、「轉換」（transfer）與「重新構造」（restructuring）三階段時，[14]講的都是一樣，都是從「研究原文」到「產生譯文」的過程。

1.24 不管有沒有經過徹底的研究，一個作品經過翻譯之後，便產生了新的（翻譯的）版本（version）。有些作品會有許許多多的翻版／版本，像原為希伯萊文或古希臘文的聖經，已經被譯成幾乎所有的語言，包括英文的「欽定版」（King James Version）和許多中文的版本。在今日的世界裡，地球人還沒有統一的地球語。在嘈雜的「貝伯」（Babel）中，全球化還是要靠翻譯，要靠各種翻版、各種譯文。在研究翻譯、進行翻譯、或利用翻譯之前，我們當然要先瞭解翻譯的本質才好。而要瞭解翻譯的本質，就要先釐清翻譯的定義與種類。

---

[14] 詳Gile的*Basic Concepts and Models for Interpreter and Translator Training*（1995）以及Nida的*Toward a Science of Translating*（1964）.

作業

1. 下面是美國語言學家與翻譯理論家奈達（E. Nida）在其 *The Theory and Practice of Translation*一書中，對「翻譯」（translating）所給的定義：

   Translating consists in reproducing in the receptor language the closest natural equivalent of the source language message, first in terms of meaning, and secondly in terms of style.（12）

   這定義的中文版是：

   翻譯在於用接受者的語言，複製出最接近源頭語言而且自然的相等訊息，[包括]先在含義方面，次在風格方面。

   請問：

   a. 這裡所謂"the source language message"（源頭語言的訊息）是不是等於「用源頭語言說出或寫出的東西／話語」？

   b. 這裡所謂"the receptor language"（接受者的語言）是不是等於"the target language"（目標語言）？

c. 這裡所謂“reproducing”（複製）是不是等於「重新說出或寫出」的意思？

d. 這裡所謂“the closest natural equivalent”（最接近而且自然的相等者）是不是含有「按照相等原則」的意思？其中是不是加了「最接近」與「自然」兩條件？其實，產生「最接近的相等者」是不是就是按照相等原則？按照相等原則時，如果原文很順、很自然，譯文是不是也就該很順、很自然？

e. 這裡所謂“first in terms of meaning, and secondly in terms of style”是不是指「相等的原則」用在兩方面：先在含義上，次在風格上？那是不是等於說「翻譯先求含義上相等，次求風格上相等」？這裡的“style”（風格）是不是就是指「使用話語的樣式」（the ways of using words）？一般的「意譯」是不是注重含義上的相等，而「直譯」是不是注重話語／風格的相等？

f. 本書對翻譯所給的定義比較寬廣或 Nida 給的定義？Nida的定義適合音譯嗎？把“Socrates”翻成「蘇格拉底」，有「先求含義上相等，次求風格上相等」嗎？

2. 蘇格蘭的語言學家與翻譯理論家卡特福（J.C. Catford），在其 *A Linguistic Theory of Translation*一書中說：

Translation may be defined as follows：

the replacement of textual material in one language(SL)by equivalent textual material in another language(TL).（20）

在此，SL即source language（源頭語言），TL即target language（目標語言），而整段話是說：翻譯可以下定義為「將某一種語言（源頭語）的語文材料，用另一種語言（目標語）的相等的語文材料來加以取代。」

請問：

a. 如果英文“text”通常指文字形成的「文」或「文本」，那麼“textual material”（語文材料）是不是暗指文字書寫印刷的材料，而似乎排除了口頭說出的話語？因此，這裡所說的翻譯是不是特指「筆譯」而非「口譯」？

b. 這裡所謂“replacement”（取代），是不是跟「重新產生」或「重新說出或寫出」同一個意思？

c. 這裡用了“equivalent”（相等的）一字，是不是也在強調「相等原則」？

d. 這裡所謂「某一種語言（源頭語）的語文材料」就是「原

文」嗎？而「另一種語言（目標語）的語文材料」就是「譯文」嗎？

e. 這個「翻譯」的定義是不是跟本書所給的定義非常相近？

f. 對於「翻譯」，你看過別的定義嗎？那定義為何？有比較好嗎？為什麼？

3. 在其Translation and Technology一書中（p. 22），C. K. Quah說大家普遍能接受的、翻譯的核心觀念是“the transfer of a message written in one language into another”（把用某一語言寫成的訊息轉成另一種語言）。

請問：

a. 這定義是否太偏於「筆譯」而忽略「口譯」？

在同一書中（p. 24），除了提到House的“overt versus covert translation”之外，Quah也提到Nida區分“formal versus dynamic”（即 word-for-word versus sense-for-sense）的翻譯，以及Newmark區分“semantic translation”（只顧text的semantic and syntactic structures）與“communicative translation”（兼顧reader接受譯文的效用）。

請問：

b. 這兩種翻譯的區分，是否也有道理？

4. 有人把「三民主義，吾黨所宗，以建民國、以進大同」這四句歌詞譯成“San-min-ism, our party’s cause, to found a commonwealth, to build an ideal world”。

請問：

a. 這應該是「口譯」／「口頭翻譯」（oral translation）或「筆譯」／「書寫翻譯」（written translation）的結果？

b. 把「三民主義」譯成“San-min-ism”是「音譯」或「意譯」或「音譯加意譯」？如果譯成“the three principles of the people”，那是「音譯」或「意譯」？

c. 把「以進大同」譯成“to build an ideal world”是釋譯（paraphrase）／詮釋（interpretation）的成分多，還是字面翻譯（literal translation）的成分多？

d. 這四句歌詞的翻譯是「字詞」的翻譯或「片語」的翻譯？譯文中有動詞嗎？如果譯成“San-min-ism is our party’s cause. It is to found a commonwealth and to build an ideal world. ”，這就是「把片語變成句子的翻譯」，是不是？

e. 如果把那四句譯成“The Three Principles of the People is what our party regards as our primer. We used it to establish a republican country. And we use it to promote a state of Great Equality. ”，這樣長的字句（非簡潔的風格）還能唱嗎？可見翻譯確實要在含義與風格兩方面都下功夫，不是嗎？

5. 有人被要求翻譯這段英文：

Those who have suffered the flu should have learned a lesson which is relevant to men in other respects. The saying that it is easy to dodge known shots and hard to guard against sneak shots applies in this case. Although hard to guard against, one must be forever on the alert for sneak attacks. Or else, one may get the blues from time to time for the ready attacks of the flu, which is caused by a virus or a venom.

結果他的中文翻譯為：

流感給人的啟示是：明槍易躲，暗箭難防。如果你不知警戒，惡毒就像病毒，隨時會讓你鬱卒難過。

請問：

a. 這種翻譯是接近朱艾頓所謂的「轉譯」（metaphrase）、「釋譯」（paraphrase）、或「仿譯」（imitation）？

b. 這譯文裡頭有類似創作（creative writing）的自由嗎？

c. 這算不算林語堂所謂的「胡譯」？

6. 你朋友打噴嚏後說“Excuse me”。你跟他說“That’s all right”。接著你們走到一個地方，看到一個告示牌，上面寫著「閒人勿進」。如果把那“Excuse me”譯成「抱歉」或「對不起」，把那“That’s all right”譯成「沒關係」，而把那「閒人勿進」譯成“Staff Only”，請問那是音譯、意譯、形譯、或境譯？

[作業參考答案及提示]

1. a.是 b.是 c.是 d.全是 e.全是 f.本書比較寬廣，不適合，沒有

2. a.是，是 b.是 c.是 d.是，是 e.是 f.（自行作答）

3. a.是 b.是

4. a.筆譯 b.音譯加意譯，意譯 c.釋義 d.片語，沒，是 e.不能，是

5. a.釋義 b.沒有 c.不算

6. 境譯

第二章　翻譯的目的與目標

講解

2.1 創作可能為了自娛，不為他人。翻譯也可能為了娛樂自己，不為嘉惠他人。不過，一般而言，翻譯和創作一樣，常常是針對他人（聽眾或讀者）而為的，很少純為自娛的。[15]翻譯最直接的目的（purpose）就是：當有人聽不懂或看不懂用某種語言（源頭語）所說或所寫的話語時，能透過用另一種語言（目標語）來說或來寫，而使他瞭解那話語。簡單的說，翻譯為的是能夠透過譯文來幫人瞭解原文。因此，翻譯者（translator）是一個中間人或媒介者（mediator），他從事的是一種居中服務的工作，他做的是一種幫人瞭解話語的行為。所謂「幫人瞭解話語」應該包括幫人瞭解話語的內容與話語的形式，也就是話語的含義與風格。通常，在翻譯文學作品時，譯者比較會在內容與形式兩方面，都設法去幫人瞭解。在翻譯非文學作品時，譯者則通常比較注重話語的內

[15] Peter Newmark在其*Approaches to Translation*中（p. 128）便以"Translation is for the reader"為題來論述。

容，而不太會計較話語的形式。因此，幫人瞭解話語的目的是有層次的，首在幫人瞭解話語的內容／含義，次在幫人瞭解話語的形式／風格。

2.2 如果翻譯的直接目的是「幫人瞭解話語」，那麼其間接目的是什麼呢？這很難說定。有的翻譯是為文化交流，有的是為商業交易。有的為審判案件，有的為發展科技。有的為名垂千古，有的為賺取財利。反正在不同的場合或不同的情況下，會讓人有不同的目的去從事翻譯。有的因公，有的因私，有的目的可以告人，有的或許應該隱密。但不管譯者有何種崇高或卑下的目的，我們對譯文或譯作的批評，通常可以不必把間接目的列入考慮。能不能達到「幫人瞭解原文／原作」的目的，才是評判翻譯的重點，也才是譯者自己要反省的課題。

2.3 翻譯的直接目的就是當下的目的，在進行翻譯的當下，譯者通常只有想到要讓人看／聽得懂；只有在翻譯前和翻譯後，他才會想到要為名為利或為其他事由。翻譯的直接目的也是譯者共有的目的。沒有一個譯者會不想去「幫人瞭解話語」。翻譯的直接目的也是譯者每次翻譯應該都會有的目的。除非在開玩笑的場合，或除非蓄意誤導他人，否則譯者在翻譯每一個字詞語句、每一個段落篇章時，都會想要把它給譯好，都會想讓別人能夠瞭解原文的含義與風格。翻譯的直接目的也是翻譯的一般目的，而不是特殊目的。因此，很少人會覺得有必要說「翻譯的目的是幫人瞭解原文」。相對的，翻譯的間接目的就是比較特殊的目的，也是比較個人的目的。因此，同一位譯者在不同的場合做翻譯，會有不同的間接目的；在翻譯不同的作品時，也會有不同的間接目的。

2.4 從事任何工作，除了會有目的之外，也都會有目標（goal）。所有工作的共同目標就是把工作做完而且做好。翻譯的目標當然是：把原文／原作譯完而且譯好。是否「譯完」，很容易驗證。但什麼叫「譯好」呢？在華人的世界裡，只要談到翻譯，大家就經常會提到當初嚴復所說的「信、達、雅」。對嚴復而言，信、達、雅是翻譯的「三難」，也是三個「譯事楷模」。[16]嚴復的話經過眾多的討論與爭論之後，我們發現：其實，信達雅除了是譯事的三難與三楷模之外，它也就是評判譯文的「標準」（criteria）、從事翻譯的「要求」（requirements）、針對翻譯的認可「條件」（conditions）、或考慮翻譯的「原則」（principles）。其實，它更是譯者想要達到的「目標」（goals）。[17]

[16] 嚴復在其〈天演論譯例言〉中說：「譯事三難信達雅」（1）。他又說：「…三者乃文章正軌，亦即為譯事楷模」（1）。

[17] 本書作者在其〈再論翻譯的三要〉之文中，有略述多家有關信達雅的評論，也表示自己的看法。

2.5 但是，譯者想要達到的目標真的就是信、達、雅這三個嗎？從「原文」和「譯文」這兩個面向來看，我們當然可以說：譯文對原文要「信」（忠實），而譯文本身也要「達」（通順）。你總不可把原文加以扭曲、胡譯，也不能讓譯文唸起來不順，讀起來不通。因此，就如黃邦傑所說的，信與達確實是翻譯的「共同標準」與「最低標準」（223）。當奈達（Nida）說翻譯是要複製「最接近而且自然的相等[訊息]」（the closest natural equivalent）時，所謂「最接近的相等」就是指「信」，所謂「自然的相等」就是指「達」。文句讀起來很順，含義想起來能通，那就是「自然」。

2.6 中外有許多翻譯的探討確實都是集中在「信」與「達」，也就是集中在「原文」和「譯文」這兩個焦點上。例如，在我國，瞿秋白和魯迅便有「寧錯而務順」和「寧拗而僅信」的爭執。[18]前者偏於譯文本身的「達」，後者偏於對原文的「信」。在德國，福利德理赫（Hugo Friedrich）提到：在翻譯希臘文學成為拉丁文學的歷史過程中，初期階段是遷就原文，後期階段則是放縱譯文。他認為：翻譯本是一種「與原文的競爭」；不只是「再生」（reproduce）原文的一切，也是「超越」（surpass）原文的機會（12-13）。這種論調便是偏向譯文、寧達毋信的觀點。然而，對趙元任以及對

[18] 詳〈魯迅與瞿秋白關於翻譯的通信〉，印在劉靖之，《翻譯論集》，3-31。

他所推崇的波斯蓋特（J. P. Postgate）而言，翻譯應該只有「信」這一個基本條件或優點：「誰翻譯的跟原文最近就是誰翻譯的最好」。[19]對葛傳槼而言，「無論怎麼譯，總該忠實於原文或原詞」，而「說"信"也好，說"忠實"也好，翻譯必須在把原文變成另一種文字時，做到不增、不減、不改」（234）。這種「翻譯唯信」的論調，是偏向原文。

2.7 不管如何，翻譯確實應該做到「信」和「達」這兩個基本目標。可是，「信」和「達」有時是相互衝突的。原文若原本不通不順，信於原文的譯文便應該照樣不通不順。如果為了「達」，把它譯成既通且順，那便是沒有「信」。例如，在Faulkner的《此聲斯氣》（*The Sound and the Fury*）裡，Benjy是個白痴，他常說不通不達的話。當他說"I could hear the roof"和"My hands saw the slipper"時，你不能自作聰明把兩句譯成通達的「我能看見屋頂」和「我的手摸得到拖鞋」，那樣就不是白痴的話語了。

2.8 翻譯如果有第三個目標，那必須是「雅」（古雅、高雅）嗎？很多人不以為然。例如，林語堂說：翻譯有忠實的標準、通順的標準、和美的標準。他認為：翻譯藝術文（詩文戲曲），不是「雅」字所能包括（33）。他不滿意「雅」

[19] 詳趙元任〈論翻譯中信、達、雅的信的幅度〉，p. 48，以及Postgate,*Translation and Translations*一書。

字，但他並沒有建議別的字眼，雖然「美」或許就是他的選擇。何欣轉述胡適的話說：「胡博士談到翻譯的標準，他說嚴又陵說好的翻譯是信、達、雅，嚴先生說的雅是古雅，現在我們如不求古雅，也須要『好』」（66）。提倡白話文的胡適顯然不要「雅」，而要「好」這個字。思果認為翻譯的三原則應該是「信達貼」，而非「信達雅」：「學翻譯的人，先不要求譯文精彩，先求精確妥貼」（18）。劉重德認為「信達雅」應改為「信達切」，而那三字的英譯為faithfulness, expressiveness, closeness（30）。李季認為翻譯的標準應該是「信達化」：對他而言，魯迅的譯文「大都達到信達化的標準」。[20]至於許淵沖，他則認為那三字訣應該變成「信達優」：要先優而後雅（418）。[21]思果、劉重德、李季、許淵沖等，跟林語堂、胡適一樣，都覺得「信達雅」有更動第三字的必要，他們都各有其道理，但每人的想法不一，關注的重點相異。

2.9 本書作者認為「信達雅」最好改成「信達恰」。翻譯是要先求「信」：原文若達，則譯文也要達；原文若雅，則譯文也

[20] 見其《魯迅對於翻譯工作的貢獻》一文，頁312。引述在鄭延國〈惟有「雅」字多剪裁〉一文，請查網頁：（http://www.takungpao.com/news/o8/07/07/TK-929278.htm）。

[21] 引述在鄭延國〈惟有「雅」字多剪裁〉一文，鄭指出許淵沖的「優」還有「發揮譯語優勢」（優於原作）之意。請查網頁：（http://www.takungpao.com/news/o8/07/07/TK-929278.htm）。

要雅。可是，原文若不達不雅，也不必強使譯文既達且雅。在求「信」之後，翻譯還要求「達」，原本通達之文，譯後當然也要通順暢達，不能拗口費解。在既「信」且「達」之後，翻譯便要進一步追求「恰」：希望譯文在話語的形、音、義、境各方面，都能恰如原文，能剛好同樣表達原文的「旨」（含義）與「趣」（趣味），恰巧同樣表現原作的內容與形式（訊息與風格），同樣恰切地帶出各個語文細節（verbal detail）的特色。有恰到好處的翻譯，就會令人喊出「漂亮！」或「好棒！」。把「信達恰」翻成英文就是"fidelity, fluency, and felicity"。「信達恰」是針對「義、音、形、境」四個層面，「義、音、形、境」就是"sense, sound, shape, and situation"。因此，翻譯的目標就是：在四個S的層面上，都要能達到三個F的標準。[22]

2.10 舉個例子來說吧。假定有個生意人用中文說：「我們的產品都是貴而不貴。」他的話如果翻成英文應該怎麼說呢？如果譯成"Our products are all costly／expensive but not costly／expensive"（即「我們的產品都是昂貴而不昂貴」：指表面昂貴，實際不昂貴），那是曲解「貴而不貴」（珍貴而不昂貴）的本意，那就是達不到「信（於原意）」的標準。如果譯成"Our products are both high-priced and not high-priced"

[22] 關於信、達、恰的詳細討論，見董崇選〈再論翻譯的三要〉一文。

（即「我們的產品既是價位很高也是價位不高」），這翻譯不但扭曲原意，而且語意矛盾、令人不解，那是既不信且不達的譯文。如果譯成“Our products are all valuable but not costly／expensive／high-priced”或“Our products are all highly prized at a low price”，這時已經信於原意而且通順了。最後，如果把它譯成“Our products are all highly-prized but not high-priced”或“Our products are all dear but not dear”，那麼這譯文就是「有信、能達、而且恰巧」了：因為就像「貴而不貴」這四個字一樣，“highly-prized but not high-priced”或“dear but not dear”，都有玩弄文字的趣味。尤其是，同樣簡潔的“dear but not dear”就是說“dear（worth cherishing）to you but not dear（costly）in price”的意思，它可以說真正「恰巧」把原文的旨趣與伎倆都翻出來了。

2.11 不過，目標不一定都能達成。令人拍案叫絕的「恰」，是最不容易達到的。恰巧的翻譯，往往是可遇不可求的，那只是譯者希冀的最高境界。當我們說翻譯要「信達恰」時，便是要譯文「先忠於原文，再本身通順，最後還恰到好處」。當我們為一篇譯文打分數時，標準或許可以訂為：60%的信，30%的達，和10%的恰。能滿分的應該沒有，能有50分的信加上20分的達，便是及格而且中上了。

作業

1. 翻譯聖經，跟翻譯佛經一樣，當然有傳教的目的。可是，你知道英國為什麼會有「欽定版聖經」（King James Bible或King James Version）嗎？據說，英王詹姆士一世（King James I）是在1604年1月召開會議決定「重新翻譯」聖經的，而之前已經有了兩個英文版的聖經（即 the Great Bible和the Bishops' Bible）。詹姆士令47位學者共同重譯聖經，據說是為了要回應清教徒（Puritans）在早期聖經中發現的問題，同時也為了要迎合英國國教（the Church of England）的主教結構（Episcopal structure）及其教義。如果這是事實的話，請問：

   a. 這47位學者在根據希伯萊文與希臘文重譯聖經時，目的是不是只在於幫人瞭解聖經的原文以便傳教？

   b. 他們會不會有「迎合聖上」的目的？

   c. 他們會不會有「炫學」與「戡誤」（改正前譯）的目的？

   d. 會不會想要留名？會不會想要藉此謀利？

   e. 會不會故意要讓譯文回應清教徒發現的問題，同時迎合英國國教的主教結構及教義？

f. 這個欽定版被公認為好的翻譯。在評定其譯得好不好時，是不是應該只針對其「直接目的」就好？需不需要考慮當初的「間接目的」？

g. 當初可能有的間接目的是不是所有翻譯聖經者共有的目的？那些是不是一般的目的？

2. 趙元任把Lewis Carroll的*The Adventures of Alice in Wonderland*譯成中文，中文書名叫《阿麗思漫遊奇境記》。他為那譯作寫個幽默風趣的序。在序文的最後一段，他交代了他嘗試這個翻譯的目的。他說到「這部書一向沒有經翻譯[成中文]過」，可能因為裡頭「玩字的笑話太多…所以沒有人敢動」它。他提到「這書的文學價值，比起莎士比亞最正經的書亦比得上」。他更提到：當中文處於變動的時代，正好可以趁這個翻譯來試驗白話文，來評判語體文的成敗。根據他所說的這幾點，請問：

a. 趙元任翻譯這本書時，除了想把它翻完翻好之外，有沒有「想當第一個把它譯成中文的人」這個念頭／目的？

b. 他有沒有想要表現「勇於挑戰困難」的動機／目的？

c. 他有沒有想要「用譯作來宣傳原作之價值」的目的？

d. 他的另一個間接目的是不是「想用這個翻譯來試驗白話文／語體文的成效」？

e. 他的這些可能有的（間接）目的，是不是都是比較特殊的目的而非一般的目的？

3. 下面各題，都先有一句原文，後接甲、乙兩個版本的譯文，請問達到「信」這個目標的是甲或乙？

a. All that glitters is not gold.

甲：閃耀的都不是金。

乙：並非閃耀的都是金。

b. I think you'll miss seeing her there.

甲：我想你會錯過在那裡見到她的機會。

乙：我想你會懷念在那裡見到過她。

c. Antigone differs from Persephone.

甲：安泰岡不同於波斯鳳。

乙：安替剛尼不同於普謝弗尼。

d. 這就是所謂的孤掌難鳴。

甲：This is what we call“no sound from a single palm.”

乙：This is what we mean by“you can’t clap with one hand.”

e. 見賢思齊焉，見不賢而內自省也。

甲：When you see a worthy man, strive to equal him； when you see an unworthy man, reflect upon yourself inwardly.

乙：When you see a worthy man, think of equality； when you see an unworthy man, reflect yourself internally.

f. 你必須以德服人而非以力服人。

甲：You must suppress others by virtue rather than by force.

乙：You must subdue others by virtue rather than by force.

4. 下面各題，也都先有一個原文，後接甲、乙兩個版本的譯文，請問達到「達」這個目標的是甲或乙？

a. Translating consists in reproducing in the receptor language the closest natural equivalent of the source language message, first in terms of meaning, and secondly in terms of style.

甲：翻譯就是接受語言複製出與原語信息最接近的自然等等值體—首先是就意義而言，其次是就其風格而言。[23]

[23] 這是柯平的翻譯。見其《英漢與漢英翻譯》，頁9。

乙：翻譯在於用接受者的語言，複製出最接近源頭語言而且自然的相等訊息，[包括]先在含義方面，次在風格方面。

b. O！ reason not the need；our basest beggars are in the poorest thing superfluous；Allow not nature more than nature needs, Man's life is cheap as beast's.

甲：啊！別追問需要；最低賤的乞丐之最破爛的東西，也有幾件是多餘的；如其你不准人在需要之外再多享受一點，人的生命是和畜類的一般賤了。[24]

乙：啊！別理論需不需要吧。最低賤的乞丐，他的東西就算最破爛，也有幾件是多餘的。不讓本體多過本體之所需，人生就像畜生一樣便宜了。

c. 天命之謂性，率性之謂道，修道之謂教。

甲：The ordinance of God is what we call the law of our nature. The accordance with the law of our nature is what we call moral law. The cultivation of the moral law is what we call instruction.[25]

乙：What heaven has conferred is called nature. To observe

---

[24] 英文原文取自Shakespeare, *King Lear*（II, iv）。此為梁實秋之中文翻譯，見其《李爾王》，頁85。

[25] 此為宋選銓之翻譯。見其《中庸》，頁1。

nature is called the path of duty. To modify the path of duty is called religion.

d. 賞花宜對佳人，醉月宜對韻人，映雪宜對高人。

甲：One should enjoy flowers in the company of beauties, get drunk under the moon in the company of charming friends, and enjoy the light of snow in the company of high-minded scholars.[26]

乙：We had better appreciate the flowers in the face of a beauty, making the moon drunk in facing a rhymer, and to reflect a giant's face in the snow.

e. 無票旅客不得進入。（火車站的告示）

甲：No Entry for Passengers without Tickets.

乙：Ticketed Passengers Only.

5. 下面各題，同樣都先有一個原文，後接甲、乙兩個版本的譯文，請問比較能夠達到「恰」這個目標的是甲或乙？

a. I have *wedded* her, not *bedded* her, and sworn to make the“not”eternal.

---

[26] 此為林語堂翻譯張潮在〈論何者為宜〉中的譯文，轉印在湯雄飛《中文英譯的理論與實例》，頁177。

甲：我已娶她為妻，但未與她共枕；發誓永不與她同房。

乙：我跟她*上了堂*，還沒*上了床*，我發誓要讓這個「還沒」永永遠遠。[27]

b. Fair is foul, and foul is fair.

Hover through the fog and filthy air.

甲：禍即是福，福即是禍。

騰煙駕霧，神出鬼沒。

乙：好就是壞，而壞就是好。

飛過雲霧以及空氣糟。[28]

c. 事物善美孰不要？

時空殘忍哪個曉？

心思煩亂沒人問？

浮生誰與共飄搖？

甲：Who ever shuns the good and the fair？

Who knows the cruelty time and place bear？

With none to ask why I am sad and mad,

---

[27] 本題原文來自莎劇*All's Well That Ends Well*（III, ii）。甲譯是梁實秋的，乙譯是本書作者的。有關何者較佳的討論，詳董崇選〈梁譯莎劇的信、達、恰〉，頁59。

[28] 本題原文來自莎劇*Macbeth*（I, i），那是三女巫在陰霾的天氣中講的話。甲譯是方平的譯文，見其所譯《麥克貝斯》，頁245。乙譯為本書作者之譯文。有關"Fair is foul, and foul is fair"之翻譯，本書作者在「懂更懂學習英文網站」之〈大家一起翻〉節目中的〔翻26〕，有詳細討論。

To float in life, who would with me pair？

乙：Who does not want things pretty and good？

By whom is the cruelty of time and place understood？

While no one is here to ask why I am sad and mad,

To float with me in life, who is the wood？[29]

d. 態度決定高度，你可以有如此的心術，卻不可以有如此的心意。

甲：Attitude determines altitude. You can have such a means, but you must not have such a mind.

乙：The manner determines the height. You can have such a way, but you must not have such a will.

[29] 本題原文是本書作者的一首詩，名為〈誰？〉，取自其《繽紛錄》詩集，頁128。甲譯是作者自己的英譯，乙譯是臨時在此另譯。

[作業參考答案及提示]

1. a.不是 b.會 c.會 d.會，會 e.會 f.是，不需要（除非影響到信、達、恰） g.不是，不是
2. a.有 b.有 c.有 d.是 e.是
3. a.乙 b.甲 c.乙 d.乙 e.甲 f.乙
4. a.乙 b.乙 c.甲 d.甲 e.乙
5. a.乙 b.乙 c.甲（甲至少比乙更接近原文含義，各行也更一樣簡短）d.甲

第三章　相等的原則與層面

講解

3.1 本書說：翻譯是按「相等原則」把「原文」或「原作」變成「譯文」或「譯作」的行為或過程。「相等原則」（principle of equivalence）既稱為「原則」，便表示那只是一個原本的（original）、基礎的（fundamental）、通盤的（general）規則（rule）而已，在那「原則」之下可能會有例外或變動。確實，在「相等的原則」之下，翻譯並不是能讓原文和譯文完全相等，它通常是在相等中含有「不相等」的情形。例如，某人說"I am well"時，你把它翻成「我很好」或「我很健康」都對，都算相等。但中文「好」不一定指「健康」（well），也可能指人品「好」（good）或近況「好」（fine），而且中文「很」是「非常」（very）的意思，不是"am"（是）的意思。所以，整體來說，「我很好」或「我很健康」在語意上是等於"I am well"，但細節上並不完全相等。所以說，翻譯時，「完全相等是不可能的」（"Full equivalence is impossible"）。[30]也就是因為這樣，奈

[30] 此為 Barnstone 的說法，見其*The Poetics of Translation*, p. 235。

達（Eugene Nida）在給翻譯下定義時才說：翻譯要的只是“the closest…equivalent”（最接近的相等）。

3.2 不只是「意譯」只能求最按近的相等，「音譯」、「形譯」、和「境譯」也是一樣。把“Newton”譯成「牛頓」，只是發音接近而已，並不完全相同。把一首用英文字排成祭壇形狀的英詩，譯成一首用中文字排成祭壇形狀的中文詩，也不會形狀大小都完全一樣。把“Good morning！”譯成「早安！」，那是相同情境的說辭，但“Good morning”原本是「我祝你有個美好的上午」（I wish you a good morning）的意思，不是「我祝你早上平安」的意思。

3.3 「完全相等」就是「同一」（identical）。譯文與原文同一，便是沒有翻譯。翻譯所要的「相等」，確實只是某層面或其方面雷同的「對應」（correspondence）。意譯、音譯、形譯、和境譯，當然是各自把焦點放在義、音、形、境的層面。一旦把原文變成譯文，兩者就只有在某層面或某些方面相等，絕對不是各層面與各方面完全相同。在某些對應點上很類似，往往在其他對應點上會很不一樣。例如，上頭所說的英文字“well”，在語意和語法上很類似中文的「好」或「健康」，但在字形上和發音上就都很不相同。

3.4 到底翻譯時有多少層面要考慮讓它「最接近」呢？在奈達

給翻譯所下的定義中，他說了「先在含義方面，次在風格方面」這句話。依他的看法，譯文要在含義與風格兩方面相等於原文。奈達所說的「含義」（meaning）當然指字詞語句的含義，而他所說的「風格」（style）應該是指字詞語句表現含義的樣子或方式。兩者實際上就是「內容與形式」（content and form）或「內容與表現」（content and expression）的區別。我們可以說：一在語意的層面（semantic level），一在語意之外的其他層面，也就是一為裡，一為表。當貝爾（Roger T. Bell）把翻譯的「相等」（equivalence）區分為「語意的」（semantic）和「風格的」（stylistic）兩方面時（6），同樣是這個意思。

3.5 任何語言的字詞語句當然都有含義。翻譯時，在相等原則之下，就是要讓原文之字詞語句的含義跟譯文之字詞語句的含義相等。不過，字詞語句除了有本身的「含義」（meaning）之外，也有使用在某種場合所產生的「用意」（significance）。[31]例如，當甲跟乙說“I am well”時，他的

[31] 按 E. D. Hirsch 的說法，“meaning”是作者所「意向」（intended）的含義，那是話語中客觀、不變的含義；而“significance”是讀者所「意向」的含義，那是容許主觀變動的含義。其實，話語本來就有大家公認的含義，只是作者與讀者的「意向」（intention）都可變動其含義。本人認為“meaning”（譯為「含義」）最好指大家公認的、語文本身的含義，那就是「語文含義」（verbal meaning），而“significance”（譯為「用意」）最好指說者／作者或聽者／評者／譯者在使用那話語時所另外賦予的含義，那是「語用含義」（pragmatic meaning）。按「語言行動理論」（speech act theory）的話來說，“meaning”（含義）指的是「詞語」

話不僅有「我很好」的含義，也可能另有「我身體健康，你可以放心」的用意。翻譯時，在語意方面，要力求相等的應該包括「含義」和「用意」。原則上，譯文既不可模糊或扭曲原文的含義，也不可模糊或扭曲原文的用意。例如，把"I am well"譯成「我還健在」（表示「我還沒死，你不用有任何居心」），這就很可能扭曲了原文的含義與用意。

3.6 含義（meaning）和用意（significance）合起來就是「意義」（sense），中文有時把它簡稱為「意」，有時簡稱為「義」。通常，譯文的第一項任務確實是要把原文的意義（含義和用意）相等的表現出來。可是，在一些特殊場合，含義可能不是第一考量，甚且可能不必考量。例如，在翻"Ah！"為「啊！」時，你可能先考慮講話的情境、語音，再考慮「表示感嘆」的用意，而不會想到"Ah"的含義。在翻"Shakespeare"為「莎士比亞」時，你可能只考慮到語音，而不考慮其含義（「搖矛」），也不會想到那姓名帶有任何用意。

3.7 有人曾說「翻譯的相等」（translation equivalence）有四種

（locution）本身，而"significance"（用意）指的是帶有說話者之意向的「帶意向詞語」（illocution）。見 Hirsch 之 *Validity of Interpretation* 以及 Austin 之 *How to Do Things with Words*。

類型：一在字詞、一在語法、一在風格、一在文體。[32]其實，不管字詞、語法、風格、或文体，翻譯所要求的三個F（信、達、恰）都是在四個S的層面上運作。義（sense）是頭腦的認知，音（sound）與形（shape）是耳朵和眼睛的覺知，境（situation）則是身心的感受。義、音、形、境這四個層面，便是翻譯時要企求相等的層面。一般的翻譯都是先考慮「義」，以「義」為重。但翻譯有韻律、有韻腳的詩歌時，音的考量可能跟義的考量同等重要。在「圖像詩」（shaped poem）或「具像詩」（concrete poetry）裡，形可能比音、義都重要。所以，翻譯何伯特（George Herbert）的"The Altar"那首詩時，就要先設法讓譯文的文字排列有「祭壇」的形狀。[33]不過，並非各種翻譯都有義、音、形、境這四個層面可以考量。既然口譯通常只聽到口述的聲音而沒看到文字排列的形狀，口譯便不用考慮形的層面。

3.8 任何話語都有使用的「（情）境」（situation）。在談論中或文章裡，話語的上下文（context）是話語本身的「處境」。說出／寫出話語或聽到／讀到話語的場合（occasion, case）或氣氛（atmosphere），是話語本身以及說、聽、

[32] 此為Popovič的分法，英文分別稱為 linguistic equivalence, paradigmatic equivalence, stylistic equivalence, textual equivalence。此四類型引述在 Susan Bassnett, 25。

[33] Herbert 那首詩的字句排列，印在書頁上就有祭壇的形狀，那是最有名的圖像詩或具象詩之一。

寫、讀話語的「環境」（surroundings, circumstances）。話語中所帶有的說話者或書寫者的態度（attitude）和語氣（tone），是表現話語的「心境」（mood）。總之，話語的處境、環境、和心境都是「情境」或「境」。

3.9 誠然，翻譯時的情境不會跟創作時完全一致。當Harriet Beecher Stowe創作 *Uncle Tom's Cabin*時，那是奴隸制度盛行而引起反奴隸運動的時代，今天你來把那作品翻成《黑人籲天錄》，已經不是那種情境了。不過，你的譯作還是要忠實於原作的情境，翻譯時還是要用當時的情境來理解原文和產生譯文。不僅要注意原文的「義」（含義和用意）、「音」、和「形」，也要注意原文的「境」（處境、環境、和心境），要讓譯作能契合原作的各個上下文、使用的場合／氣氛、以及說話的語氣／態度。

3.10 不過，翻譯也不一定要僅僅考慮原文的境，有時考慮譯文的境也是可以的或需要的。例如，在翻譯Robert Browning的"Fra Lippo Lippi"時，故意把話語中的"monk"（按歸化策略）翻成「和尚」而非「修士」，考慮的是：在中文的環境裡，佛教的說法（「和尚」）比基督教的說法（「修士」）普遍而易懂。又如，把Charles Dickens的小說*David Copperfield*譯成《塊肉餘生錄》而非《大衛考柏菲爾德》，那是考慮到：在中文的文化裡，不喜歡光用人名來充當作品的名稱，而喜歡讓作品的名稱提示作品的情節大概。

3.11 近年來，我們有所謂的「語言行動理論」（speech-act theory）。那理論強調：locution（詞語）不會是純粹的詞語，詞語往往是一種帶有意向而會產生效用的行動話語。因此，詞語會變成 illocution（帶意向詞語），甚至於 perlocution（有效用詞語）。這理論其實也是考慮到「境」（說話的情境與產生效用的情境），而適用於翻譯。例如，純就詞語而言，中文「有教無類」可以譯成“（the idea of）instructing all and rejecting none”。但放在「教育家應該有教無類」的主張中，整句就要譯成“Educators ought to instruct all and reject none”的期許語氣。如果在孔子的塑像下寫著「有教無類」來表示他曾自述「凡自行束脩以上者，吾未嘗無誨焉」，那四個字就不宜譯成帶有命令語氣的“Instruct all and reject none”，而應該譯成平實告白的“I instruct all and reject none”。[34]

3.12 有些話確實必須考慮情境的層面而進行境譯，不宜意譯、音譯、或形譯。例如，在華人的文化裡，女生宿舍的門前常

---

[34] 在台灣曾經因為舊金山一座孔子塑像的「有教無類」四個字，大家有一陣子在報紙上熱烈討論如何英譯那成語。本書作者看到十幾種版本，但覺得那些翻譯都不妥當，甚至離譜。“I instruct all and reject none”是本書作者建議的譯法。見「懂更懂學習英文網站」之〈大家一起翻〉節目中的〔翻3〕。

會掛上「男賓止步」的牌子。如果要在那四個字底下加上英文的翻譯，你能按原文的字面含義譯成“Male Visitors Stop Steps”嗎？就算你依其用意翻成“Men Must Not Step In”，那也不合英文的習慣說法，而應該譯成“Women Only”才對。那才是西洋人在那場合會用的詞語。

3.13 跟言談或寫作一樣，翻譯也是為了溝通（communication）而進行的。原文是在某種情境之下，為了某種溝通的目的，由某人說出或寫出的。譯文則是在同一種或另一種情境之下，可能因為同一種或另一種溝通的目的，由另一人（即譯者）說出或寫出的。按照雅克慎（Jakobson）的說法，溝通有六要素：送訊者（addresser），訊息（message），受訊者（addressee）,語碼（code），觸媒（contact），環境（context）等（1987, 66）。就翻譯而言，譯者就是送訊者，譯文就是訊息，譯文的聽者或讀者就是受訊者，譯文所用的語言就是語碼，譯文所賴以出現的擴音或廣播系統、書本、碑牌、網路等就是觸媒，譯文所存在的時空、社會、或世界就是環境。這六要素中，「訊息」（message）和語碼（code）牽涉到的是話語的「義」（sense）、「音」（sound）、「形」（shape）。其他四要素（包括送訊者、受訊者、觸媒、和環境）則是影響到話語的「境」（situation）。義、音、形是「文內」（intra-textual）的層面，「境」是「文外」（extra-textual）或「文境」

（contextual）的層面。翻譯牽涉到原文與譯文兩種「文」（texts），它是「文際」（inter-textual）的行為。因此，當翻譯考慮到文際（譯文與原文之間）的信、達、恰時，它其實是考慮到了文內與文外的義、音、形、境四個層面，而希望在四個層面的許多對應點上都能達到相等、通順、而且恰到好處的標準。

3.14 以上我們所說的「翻譯的相等原則」與「相等的四大層面」，主要是就「譯文等同原文」而說的，也就是就「譯文信於原文」而說的。但實際翻譯時，不僅要譯文相等於原文，也要譯文相等於目標語的語文習慣與文化認知，否則譯文就算忠於原文，也無法讓目標語的使用者接受或理解。換句話說，相等的原則不只用在譯文對原文的「信」，也用在譯文本身的「達」。例如，把「他已胸有成竹」直譯成"He has had a well-shaped bamboo in his bosom"，那是相等於原文的文字，但對English speakers而言，那譯文是莫明其妙的「不達」。若把原文釋譯成"He has had a ready plan in his mind"，雖然不在字面上相等於原文，卻能等同原文的sense以及英文的表達方式。又如，把"Invention is the result of inspiration plus perspiration"自由的音譯成「因免尋是煙士披里純加上博士披里純的結果」，那一樣是不通的中文，要意譯成「發明是靈感加流汗的結果」才是對的相等。

3.15 所有的譯法都是在相等的原則下運作的，可是在各層面上既然「完全相等」（full equivalence）是不可能的，譯者就只好在「相對相等」（relative equivalence）中盡力選擇最適當的譯法。通常，就如上面剛舉的兩個例子所顯示的，也正如Willis Barnstone所說的，“Extreme literality or extreme freedom is not a direct path to equivalence”（235）。極端照字面翻譯會跟目標語的語言與文化有格格不入的不相等，極端自由的創譯則根本不等於原文的許多細節。所以說，譯法應該是考慮「譯文對原文」（信）與「譯文對目標語」（達）兩方面，進而在義、音、形、境各層面上力求相等所做的最佳抉擇。

作業

1. 英文有句諺語說："A bird in the hand is worth two in the bush"。如果把它譯成「兩賒不如一現」請問：

   a. 譯文是不是和原文一樣都像諺語？

   b. 譯文和原文的含義大抵相等嗎？都指「到手的才可靠」嗎？

   c. 譯文和原文的用意也是相同嗎？都是勸人「要抓住現有的」嗎？

   d. 細節上，譯文中的「賒」（money on credit）和「現」（money in cash）有出現在原文中嗎？原文只是狹隘的指賒欠與付現的金錢交易嗎？

   e. 句法上，原文的主詞（"a bird in the hand"）是指「到手的、現有的」，譯文的主詞（「兩賒」）也是指「到手的、現有的」嗎？

   f. 用詞上，譯文的「不如」等於原文的"is worth"嗎？

如果把這句英文諺語譯成「手中一隻鳥，勝過林中兩隻鳥」或「一鳥在手中，勝過兩鳥在林中」，請問：

g. 兩譯文是不是和原文一樣都像諺語？

h. 譯文和原文的含義大抵相等嗎？都指「到手的才可靠」嗎？

i. 譯文和原文的用意也是相同嗎？都是勸人「要抓住現有的」嗎？

j. 字面上，譯文和原文是不是很雷同？

k. 細節上，「勝過」就是“is worth”嗎？

l. 用字方面，「林」等於“bush”（灌木或灌木叢）嗎？英文“bird”和“bush”押「頭韻」（alliteration），中文「手」和「林」也以同一個「子音」（consonant）起頭嗎？

2. 有一首現代詩叫〈老花心〉，整首詩的用意在於指出「人老花心在」的事實。該首詩的第一段是：

我老了！
戴上老花眼鏡

硬是不服視力差，

沒想到

卻偏偏把「老」看成「花」。[35]

如果把這一段譯成："I am old! I wear a pair of convex glasses for old men. I hardheadedly refuse to admit my poor vision. I had not expected that I would come all the way to mistake the word"old"for the word"flower."

請問：

a. 譯文的詞句有像原文的排列方式嗎？有詩的形狀嗎？

b. 原文中的「花」是單指"flower"嗎？是不是也指「花心」（sexual desire）？

c. 視力差的人會把「老」誤看成「花」嗎？也同樣容易把"old"看成"flower"嗎？

d. 「年老」的另一英文字是"senile"，它跟"sexual"是不是形狀方面有點像（同以s起頭，同含l，同為6個字母組成）？眼睛老花的人是不是更容易把"senile"看成"sexual"（比起把

[35] 該詩為本書作者所寫，見其《繽紛錄》（台北：書林，2004），頁29-31）。

"old"看成"flower"）？

e. 那麼，把這段詩譯成如下是不是更合「形」也更合「義」？

I am old！
Wearing convex glasses,
Headstrong against poor vision,
I hadn't expected
I would come and read"sexual"for"senile."

3. 有個有名的英文繞口令（tongue twister）是"She sells seashells on the seashore"。它常用以訓練學生有關"s"和"sh"的發音。請問：

a. 如果你要把"Our teacher drilled us with 'She sells seashells on the seashore.'"譯成中文，你應該譯成下面甲或乙的版本才有「音」的關注？

甲：我們的老師用「她在海岸上賣貝殼」來訓練我們。

乙：我們的老師用"She sells seashells on the seashore"來訓練我們。

b. 這題目是不是指出：原文重點在音不在義時，在譯文裡留音會比留義更為要緊？

4. 英文"Excuse me"可能譯成「原諒我」或「對不起」。那要視使用的場合而定。請問在下列場合與上下文中，應該譯成「原諒我」或「對不起」？

a. 打噴嚏後說："Excuse me. I have a cold."

b. 向人問時間時說："Excuse me, what time is it by your watch？"

c. 遲到時跟人說："Please excuse me this time."

d. 說話冒犯人時說："You will excuse me, won't you？"

5. 請認定下面各個翻譯是否為「在目標語中同樣是通達的言語」：

a. 他面有菜色。

He has a vegetable complexion in his face.

b. She blows hot and cold.

她拿不定主意。

c. 你不要打腫臉充胖子。

You don’t have to beat up your face and pretend being plump.

d. I know true words hurt.

我知道忠言逆耳。

[作業參考答案及提示]

1. a.是 b.是，是 c.是，是 d.沒有，不是 e.不是 f.不 g.是 h.是，是 i.是，是 j.是 k.不是 l.不是，不
2. a.沒有，沒有 b.不，是 c.會，不 d.是，是 e.是
3. a.乙 b.是
4. a.對不起 b.對不起 c.原諒我 d.原諒我
5. a.否 b.是 c.是 d.是

第四章　對應的細節與風格

講解

4.1 我們在前一章說過：當翻譯考慮到文際（譯文與原文之間）的信、達、恰時，它是考慮到了文內與文外的義、音、形、境四個層面，而希望在四個層面的許多對應點上都能達到相等、通順、而且恰到好處的標準。那麼，在義、音、形、境的四個層面上，有多少對應點要達到信、達、恰的標準呢？理論上，每一個面是由眾多的點組成的，因此四個層面便各有眾多的點。底下我們就舉一些最明顯的點來論述。

4.2 在「義」的方面，我們前頭說過：義（sense）指話語本身的含義（meaning）和使用的用意（significance）。在字典裡，對字詞語句的解釋，不管是用同一種語言或用另一種語言來解釋，都是只有表達含義。那些字詞語句要實際在某種場合中加以使用，才會有用意。其實，字詞的含義還可以分成「明指的含義」（denotation）和「蓄藏的含義」（connotation）兩種。「明指的含義」就是字典裡給予字詞所下的定義（definition），「蓄藏的含義」則是字詞經過使用所累積起來的聯想（association）、寓意（attached significance）或絃外之音（overtone），那是從字典的定義中看不到的。例如，“home”和“house”都是「家」，但“home”會令人聯想到家庭的溫暖、安全、與舒適，“house”則沒有那個寓意或絃外之音。因此，如果原文「我們已經回到家了」帶有回到溫暖、安全、與舒適的寓意，那就要譯成“We are back home now”比較精確，不要譯成“We are back to our house now”。[36]

4.3 在同一種語言裡，某些字詞語句可能有相同的含義和用意，但其使用的場合與口吻可能不一樣，有的比較正式而嚴肅，有的則比較不正式而俚俗。例如，中文「汝詩令人胃疾」比起「你的詩給個傢伙肚子疼」，前一句顯得更為正式而嚴肅許多。同樣的，英文“Your verse brings one a stomachache”比起“Your verse gives a chap the belly-ache”也更正式而嚴肅。[37]所以，翻譯的時候，也必須考慮相同的含義中有沒有相同的口吻（tone）或拘束／正式程度。原則上，俚語（slang）也要對應俚語，官話（officialese）也要對應官話。

4.4 在同一種語言裡，有些字詞語句雖然含義和用意相同，卻可能屬於不同的行業在不同的場合說的。例如，檢查官在法

---

[36] 在*Sound and Sense*一書中（p. 35），Perrine對denotation和connotation有更多解釋，其例子還包括“childlike”和“childish”之差別，以及doubloon之有別於nickel, peso, lira, shilling, sen等字眼。

[37] 在A. E. Housman 的“Terence, This Is Stupid Stuff”一詩中，用的都是非正式的口語，其中（l. 6）就有“It gives a chap the belly-ache”之句。

庭上可能說：「該罪犯已經翻供。」在街頭上，某老兄可能跟朋友說：「那犯人否認了自己說的話。」如果你翻譯前者為英文，便應該類似“The culprit has retracted the affidavit.”如果翻譯後者，便應該類似“The offender has denied his own words.”翻譯時，是要用行話（jargon）、術語（technical terms）或用平常話來翻同一個含義的句子，那也是一種考量。理論上，譯文與原文之間，還是要行話對行話、術語對術語、平常話對平常話，那樣才是相等。

4.5 傳統上，有些字詞所指涉的東西會有大家認同的「象徵含義」（symbolic meaning）。像古今中外都會認同：玫瑰花可以象徵女人的美麗。因此，把“My love is like a red, red rose”譯成「我的情人就像一朵紅紅的玫瑰」，這翻譯不會有什麼問題。可是，有些東西在不同的國度會有不同的象徵意義，這時直譯那東西的名稱，便可能產生不解的困擾。例如，英文“He has horns on his head”不能譯成「他頭上有角」，而要譯成「他（頭上）戴了綠帽」，才是相等的譯文。原因是：在西方，「當烏龜」（being a cuckold）是以頭上長角為象徵，但在中土則以頭戴綠帽為象徵。

4.6 在各個文化中，也有許多字詞語句帶有「典故的含義」（allusive meaning）。例如，在中國的文化裡，所謂「管鮑之交」指的是有如春秋時齊人管仲與鮑叔牙的知己之交。當你把「他們是管鮑之交」譯成英文時，如果只譯字面上的“Their friendship is like that of Guan and Bao”，西方人可能因為不明管鮑的典故而不知其含義。如果你把它譯成“They are true friends like Guan and Bao”，那就更清楚了。但如果要用對應的典故，或許那句話就可改譯成“They are（true）friends like Damon and Pythias”。在古希臘的傳說中，D和P兩人也是情同管鮑。

4.7 科學的用語講求清晰；詩歌的用字卻往往故意讓它多義（ambiguous）。翻譯時，若原文有故意多義的文字，理論上譯文還是要跟著有多義的文字才算相等。例如，在“Oh, love’s best habit is in seeming trust”一句中，[38]“habit”有「習慣」和「服裝／道袍」兩義，而兩義皆通。因此，這句話恐怕要翻成「噢，愛情最好的『常服』是裝做信賴」，這樣才能同時表達「習以為常」以及「服裝」的兩個含義。

4.8 有些人說話行文喜歡用「雙關語」（pun）。翻譯碰到雙關語時，理論上還是要找到對應的雙關語來譯才算相等。可是，在源頭語裡面「一音含二意」的字詞，怎能在目標語裡面也有「同音而含同此二意」的雙關語呢？在譯界，大家常舉劉禹錫〈竹技詞〉裡的「東邊日出西邊雨，道是無晴卻有晴」為例子，說那「晴」字一語雙關，既指「晴光」（sunlight）也指「情感」（affection），而英文裡並無一字可以兼含晴、情二意。這種說法有其道理，但西洋流行歌曲中的“you are my sunshine”不是把陽光等同溫情嗎？如果

[38] 出自莎士比亞十四行詩, “When My Love Swears That She Is Made of Truth,” l. 11.

把「道是無晴卻有晴」譯為“In the so-called lack of sunshine there is sunshine”，不是也能讓“sunshine”兼指晴與情嗎？

4.9 雙關語牽涉到「義」與「音」。在「音」（sound）的層面上，牽涉到的不會都是傷腦筋的雙關語。有些場合，「譯音」是需要的，也不是困難的。例如，人名與地名常需要「音譯」而非「意譯」。只是，音譯也要「信」。譯人名（Washington／華盛頓）、地名（台灣／Taiwan）、或度量單位名稱（bushel／浦式耳、gallon／加侖）時，當然也要盡量讓字詞的音相等。把“Pepys”譯成「胚皮斯」（而非「皮普斯」），便沒有接近原音。

4.10 翻譯時，在音的層面上，另一個經常要考慮的對應點是節奏（rhythm）或韻律（meter）。節奏或韻律當然是韻文（verse）或詩歌（poetry）常有的特點之一，可是有些散文也會帶有節奏感。理論上，原文裡音的長短、抑揚、輕重、快慢、頓挫所形成的節奏或韻律，也應呈現在譯文裡，那樣才算相等。可是，實際上各種語言都有其形成節奏或韻律的特別根據，像英文詩歌主要是根據音的輕重（stress）而有「弱強格／抑揚格」（iambic）、「強弱格／揚抑格」（trochaic）、「弱弱強格／抑抑揚格」（spondaic）、或「強弱弱格／揚抑抑格」（dactylic）之分，中文詩歌則根據音調（pitch）而有平仄音的鋪排。因此，互譯中、英詩歌時，不會有同樣的節奏或韻律基礎，但應該一樣有節奏感或韻律感。把郝思曼（A. E. Housman）的“When I was one and twenty"那種弱強的節奏，變成「當我二十又有一」（而非「當我二十一歲時」）的平仄節奏，便是一例。

4.11 有些語句或詩行，除了有節奏或韻律之外，也會有「頭韻」（alliteration）或「尾韻／韻腳」（rhyme）。理論上，翻譯時，原文若有頭韻或尾韻，譯文也應該要有頭韻或尾韻才算相等，雖然不一定要用同一子音或母音來押頭韻或尾韻，也不一定要用互相對應的那些字眼來押韻。例如，把"They went through thick and thin together"譯成「他們一起經過好與壞」（不譯成「他們一起同甘共苦」），便是顧慮到了對應字的頭韻。而把"Soft is the strain when zephyr gently blows,／And the smooth stream in smoother number flows."譯成「當微風輕輕吹，語調便是細柔柔，／而平順的溪水嘛，以較平順的韻律流。」這樣便把握到了尾韻，雖然這兩詩行中押韻的字只有"flows"與「流」對應，"blows"跟「柔」並不對應。[39]

[39] 該兩詩行出自 Alexander Pope 之*Essay on Criticism*, ll. 366-7。該兩行之前，Pope說：作詩時，"Tis not enough no harshness gives offense.／The sound must seem an echo to the sense."（「光是沒有粗糙不刺耳，依然不夠棒。聲音必須聽來嘛，就像意義的回響。」）。此兩行之後，他接著舉例說：

But when loud surges lash the sounding shore,
The hoarse, rough verse should like the torrent roar.
When Ajax strives some rock's vast weight to throw,
The line too labors, and the words move slow.

但當大波大浪拍岸作響那時候，
詩句又粗又糙應該就像潮流吼。
當艾賈克斯奮力要擲巨大重石時，

4.12 語句的「聲音效果」（sound effect）不一定要用韻律、頭韻、尾韻等韻文技巧來達成。有時，用字（diction／wording）的選擇與排列，也確實能讓「聲音變成意義的回響」。像“When Ajax strives some rock’s vast weight to throw,／The line too labors, and the words move slow.”這兩詩行用了許多單音節的長、重母音，便把「奮力舉石投擲的苦與慢」用音效表現出來。如果將它譯成「當艾賈克斯奮力要擲巨大重石時，／詩行也要用力出，文字也要慢慢使。」這樣便有同等的音效。

4.13 安排字詞所造成的音效，最容易在「語氣」（tone）中流露出來。在進行口譯時，不僅要譯出話語的含義，也要譯出話語的語氣，才能把話語的用意彰顯出來。就算在筆譯時，譯文的字詞選擇與安排，如果妥適，也一樣會彰顯原文所帶有的語氣。例如，在莎劇*Richard II*第二幕第三景中，當Bolingbroke來拜見Duke of York時，他一開口便稱呼約克公爵“My gracious uncle”（我仁慈的叔父）。聽到這稱呼，約克公爵立刻不屑地回說：“Tut, tut！ Grace me no grace, nor uncle me no uncle.”如果把這回話譯成「噓，噓！不必對我說什麼仁慈，也不必對我說什麼叔父」，恐怕不能充分彰顯那

詩行也要用力出，文字也要慢慢使。

這些中文版本為本書作者之譯文。其討論，詳「懂更懂學習英文網站」之〈大家一起翻〉節目中的〔翻22〕。

不屑的語氣。但如果將它譯成「嘖，嘖！不要對我說仁說慈的，也不要對我說叔說父的」，這就更能逼真地說出原有的語氣。[40]

4.14 在「形」的層面上，譯文與原文的對應點包括所有眼睛能看到的樣貌。所以說，一個作品分成幾章幾節幾段，一個段落或文句由多少字詞所形成的長短樣貌，這些版面上容易看得到的細節，當然都是形的對應點。本書第一章提到，標點符號、字體、特殊符號或圖表、甚至故意留下的空白等，也都是「形譯」要顧到的環節。翻譯時，假使沒有充分理由，便不宜改變那種細節／對應點。此外，在「文法的形式」（grammatical form）方面，翻譯時當然也是要盡量讓所有文法的細節都互相對應，例如名詞對應名詞、動詞對應動詞、複數對應複數、被動對應被動、過去式對應過去式、問句對應問句、感嘆句對應感嘆句等等。

4.15 許多詩作都有看得見的「詩節形式」（stanzaic form）或整體的「結構模式」（structural pattern），例如中文傳統詩歌有「五言律詩」或「七言絕句」，英文詩歌則有「三行詩體」（terza rima）、四行的「民謠詩節」（ballad stanza）、五行的「打油詩」（limerick）、「八行詩體」（ottava rima）、九行的「史賓塞詩節」（Spenserian stanza）、乃至「十四行詩」（sonnet）等。這種節式或詩

[40] 前一中文譯文出自梁實秋，後一中文譯文為本書作者的翻譯。

體所呈現的形，理論上不應因為翻譯而消失或改變。不過，節式或詩體裡頭包含行數、字數／音節數、韻律、韻腳等，有許多造成音與形的細節。翻譯時，單單要照顧到「義」的對應已經很困難了，還要再照顧到所有「音」與「形」的對應，往往是不可能的。因此，實際翻譯時，往往只有保留行數的「形」罷了。

4.16 有些詩作，它的「形」並非存在於節式，而是存在於「象形／表意的圖案」（ideographic pattern），例如前一章提到的「圖像詩」（shaped poem）或「具象詩」（concrete poetry）。理論上，翻譯這種作品，當然也要保有原作的圖形，才算相等。像 Lewis Carroll 的 *Alice in Wonderland* 第三章裡，老鼠對愛麗思說了「一個長的故事」（"a long tale"），那故事的話語在書上排成長而彎曲的一條，活像老鼠尾巴的樣子，使 a long tale 變成 a long tail。當趙元任譯這作品時，他的中文譯文也照樣排成鼠尾的形狀來訴說老鼠的「委屈」。

4.17 有一種比較不明顯的「形」，存在於字詞安排上的「平行」（parallel）或「對照」（contrast）。這種形，往往結合義或音的平行或對照。中國文化裡的詩句常常有這種特色，而「對聯」（couplets）更是這種伎倆的最佳展現。翻譯有這種「隱形」（hidden form）的作品，理論上也是要保有原來的「對仗」關係才是。例如，把「青山原不老，為雪白頭。綠水本無憂，因風皺面。」譯成"Initially the blue mountain was not aged, but due to the snows his head has whitened. Originally the green water was not worrying, but owing to the winds her face has wrinkled."這樣子就保有原來字詞與字義的對仗，而表現了「對」與「聯」的形。[41]

4.18 在「境」的層面上，翻譯時要考慮到的對應點也不少。像話語的「上下文」（context），說話者／行文者的身分、處境、用意、與口氣，聽話者／受文者的身分與處境，乃至話語出現的媒體與時空背景等，這些都是。通常，譯文應該不會誤解任何處境、環境、或心境。但稍不小心，偶爾也會弄錯。例如，英國十九世紀詩人阿諾德（Matthew Arnold）認為他所處的是「舊信仰已經消失，而新信仰尚未建立」的時空，所以他常藉機感嘆「信仰」的消失與不濟。在他的〈多佛海灘〉（"Dover Beach"）那首詩裡，他便讓詩中的講話人面對另一人說：從多佛海灘看向海峽對岸的法國，聽到海濤的起落，令人想到「信仰的海」（the sea of Faith）曾經漲滿潮，可是如今已經退到整個海灘裸露淒涼。於是他請求說："Ah, love, let us be true to one another！"在翻譯這句英文時，有人不小心的譯成「啊，愛情，讓我們相互真實吧！」這就是忽略上下文、不知說話者與聽話者、與不看話語情境的結果。其實，仔細看整首詩再加上對詩人的生平有些瞭解，便會覺察到：那句英文中的"love"不是「愛（情）」

[41] 此對聯被引在台灣交通部郵政總局出版的《台灣山岳郵票專冊—雪山》一書中，有關其英譯之討論，詳「懂更懂學習英文網站」之〈大家一起翻〉節目中的〔翻10〕。

的意思，而是「愛人／情人」的意思，而且那「愛人」等於說話者的「甜心」（sweetheart），而非愛上那女人的「戀人」（lover）。詩中講話人（=詩人Arnold）不是在對愛情嘆息，而是在對他的愛人／情人（可能＝Frances Lucy Wightman）祈求。他說「啊，愛人啊，讓我們相互真實吧！」他是在請求「至少男女／夫妻之間要相互有信仰」，不要像世人一樣連宗教信仰也沒有。[42]

4.19 說話者的身分會影響說話的情境，因此在翻譯時也要注意說話者的身分。有關這個事實，它的最佳例子就是當皇帝或國王說"we／us／our／ourself"時，中文要把它譯成「朕（之／自己）」，而非「我們（的／自己）」才能顯示其尊嚴。例如，在莎劇*Henry IV, Part II*之第五幕第五景裡，新登基的亨利五世對昔日「老友」Falstaff下命令說"not to come near *our* person by ten mile"，但又答應說"as *we* hear you do reform yourselves…, *we* will…give you advancement"。這前後兩句話中的"our"和"we"都應譯成「朕（的）」才合乎亨利五世的國王身分，不能譯成「我們（的）」，也不能只把它譯成「我」。[43]

4.20 說反話或「反諷」（irony）一定是在特殊情況或氣氛中說

---

[42] 有關該詩的分析，詳見C. H. Tung, "A New Linguistic Analysis of Arnold's'Dover Beach," in *Critical Inquiry*: *Some Winds on Works*（Taipei：Showwe, 2009）, pp. 153-173.

[43] 梁實秋和吳興華就都只把它譯成「我」。見他們各自的《亨利四世》下篇，第五幕第五景。

的。例如，某人做出愚笨的行為時，他的友人可能反諷說：「你真是好聰明啊！」翻譯這種話語時，當然也是照字面翻（“How genuinely clever you are！”），不要把真實的含義（“How truly stupid you are！”）翻出來。可是，口譯時，語調一定要有嘲諷的意味才好，才可能跟原文的語調相等。

4.21 話語所使用的時空是考慮「境譯」的最重要因素。把“Thou shalt not steal”譯成「汝切勿偷竊」可能比「你不得偷東西」更合當初講出十誡的古雅口吻。把游泳池邊的告示「請方便後再行入池」譯成“Kindly do your business before entering the pool”（而非“Please go to the toilet before entering the pool”），才是合乎場地、合乎禮節的翻譯。

4.22 今日的網路已經發展出獨特的「網路俚語」（internet slang）。理論上，翻譯網路俚語時，也要用對應的網路俚語才算相等。但實際上，對應的網路俚語不一定找得到。例如，在台灣的網路上，當某人說「他的閃光很怕小強」時，你能不解其意地把它譯成“His flash is afraid of little John”嗎？或如果你知道它的意思，把它譯成“His sweetheart is afraid of cockroaches”好嗎？這種英譯感覺不到任何網路俚語的風味。在英文的網路上，找不到用「閃光」（flash）來指「快速消失之情人」的例子，也找不到把「蟑螂」（cockroach）指稱為「小強」的例子。在此情況下，如何有對應的網路俚語呢？或許你只好自己發明了。但自己的發明，一定要加注，否則別人還是看不懂。

4.23 本章要講述的重點，除了義、音、形、境的諸多對應點之外，還有風格的問題。所謂「風格」（style），指的是「表現的樣子或模式」（manner or mode of expression）。理論上，任何語文、任何作品、任何作家、任何時代的任何東西都有它的風格。只是，有的風格不夠特殊，所以它是「平白的風格」（plain style）。在西洋古代，文章常按雅俗的程度被分成高、中、低（high, middle, low）三種風格。其實，古今中外許多作家都因為自己特有的風格而著稱。我們如果仔細研究便會發現：詩文的特有風格來自特定的選擇與安排。海明威（Hemingway）選用簡單字眼和簡明的句法，他便造成「簡單的風格」（simple style）。如果你多多選用抽象字眼，便會造成「抽象的風格」（abstract style）。我們可以這麼說：字詞語句乃至段落篇章，在義、音、形、境的任何層面上，如果有突出的表現，便會有突出的風格。翻譯時，原文若有某種突出的風格，譯文也應該表現同樣的風格才算相等。例如，福克納（Faulkner）的文筆有句長而多思的「複雜風格」（complicated style），譯他的段落便不可用海明威的行文風格，而應跟著句長多思。同樣的道理，當奧登（W. H. Auden）用「口語的風格」（colloquial style）來寫詩時，你也要用口語的風格來翻譯他的詩。

4.24 我們的結論是：翻譯時，在義、音、形、境的四個層面上，如果能讓諸多對應的細節都極為相等，那麼譯文的風格便也會接近原文的風格，不只是含義與用意相近而已。

作業

1. 下面各題都有一原文與甲、乙兩譯文，請依指示選出正確譯文。

a. 她吸奶的嬰兒以及她裸露的胸脯所揭露的只是她的女人味。

甲、What her sucking baby and her *nude breast* disclose is only her *womanishness*.

乙、What her sucking baby and her *naked bosom* disclose is only her *womanliness*.

注意斜體部分。哪一句譯文的蓄藏含義（connotation）比較正確？

b. 你受得了那個沒路用的傢伙嗎？

甲、Can you *put up with* that *good-for-nothing guy*？

乙、Can you *tolerate* that *useless person*？

注意斜體部分。哪一句譯文較像原文一樣不正式（informal）？

c. 在那器官的外層組織裡，發現有個傷害。

甲、An *injury* was found in the outer-layer tissue of the organ.

乙、A *lesion* was found in the outer-layer tissue of the organ.

注意斜體部分。哪一句譯文用的是醫學行話（medical jargon）？

d. The pregnant convict was given a one-year reprieve for her death penalty.

甲、那懷孕的罪犯，死刑得以*暫緩一年才執行*。

乙、那懷孕的罪犯，死刑得以*緩刑一年*。

注意斜體部分。哪一句譯文直接用了法律術語（legal term）？

e. The cuckoo then, on every tree,
Mocks married men； for thus sings he,
"Cuckoo！ Cuckoo！ Cuckoo！"[44]

甲、於是*布穀*鳥在每棵樹上，
嘲笑結婚的人；因為他這樣唱著，
「*布穀*！*布穀*！*布穀*！」

乙、於是*杜鵑*鳥在每棵樹上，
嘲笑結婚的人；因為他這樣唱著，
「*哭哭*！*哭哭*！*哭哭*！」

哪個譯文較像原文，讓cuckoo帶有害怕當cuckold的象徵含義？

f. You must consider the fact that he has just *flown over the cuckoo's nest*.

甲、你必須考慮這事實：他剛剛*飛越杜鵑窩*。

---

[44] 取自Shakespeare, "Spring,"a song in *Love's Labor Lost*, V, ii.（at the end of the play）.

乙、你必須考慮這事實：他剛剛*飛過布穀鳥巢*。

哪個譯文較像原文，能當「飛越瘋人院」的典故，指涉*One Flew over the Cuckoo's Nest*那本小說或那片電影？

g. Our fathers brought forth on this continent a new nation *conceived* in Liberty.[45]

甲、我們的父老在這大陸上帶出了一個*思想*自由的新國家。

乙、我們的父老在這大陸上生出了一個*懷著*自由的新國家。

哪個譯文較能彰顯"conceived"一字的多義（ambiguity），讓它既指「帶有…的想法」也指「懷有…的子嗣」？

h. *Old Gaunt* indeed, and *gaunt* in being old.[46]

甲、確實是*老剛特*，因為老而*剛特*。

乙、確實是*老乾特*，因為老而*乾特*。

哪個譯文較有「雙關」（pun）的功能，使Old Gaunt這個人自嘲「人老而乾瘦（gaunt）」？

2. 下面各題也都有一原文與甲、乙兩譯文，請依指示選出正確譯文。

---

[45] 此句為林肯（Lincoln）〈蓋茲堡演說詞〉（"Gettysburg Address"）的一部分。

[46] 此句取自Shakespeare, *Richard II*, II, i. 梁實秋和方平都把Gaunt譯為「剛特」。其實，譯為「乾特」更近原音，也更影射「乾瘦」。

a. President *Reagan* came to visit Washington University in *St. Louis*, the founders of which included T. S. *Eliot*'s grandfather.

甲、*理根*總統來參觀位於*聖路易斯*的華盛頓大學，該大學的創立者包括*歐立德*的祖父。

乙、*雷根*總統來參觀位於*聖路易*的華盛頓大學，該大學的創立者包括*艾略特*的祖父。

斜體部分，哪個譯文的人名、地名在發音方面比較接近原文的人名、地名？

b. My little horse must think it queer
To stop without a farmhouse near.[47]

甲、我的小馬必定感到很離奇，
停的地方沒有農舍近距離。

乙、我的小馬一定想到它很奇怪，
附近沒農舍為什麼要停下來。

哪個譯文唸起來比較像原文那樣有節奏感或韻律感？

c. 春眠不覺曉，
處處聞啼鳥。

甲、I scarcely knew it was dawn, so sound was the sleep of spring；
Everywhere there was birdsong.

---

[47] 此兩行取自Robert Frost, "Stopping by Woods on a Snowy Evening," ll. 5-6.

乙、I woke up from sleep of spring, unaware of dawn.

From everywhere what I heard was the birds' song.

哪個譯文唸起來比較（像原文那樣）有押韻的感覺而且兩詩行的長短也大致比較相近？

d. One equal temper of heroic hearts,

Made weak by time and fate, but strong in will

To strive, to seek, to find, and not to yield.[48]

甲、一個同等的有英雄之心的氣質，

被時間和命運弄成虛弱了，但意志還堅強，

要去奮鬥、尋找、發現、而不要投降。

乙、一種同等的氣概，帶著雄心，

時光與命運使之衰弱，意志卻仍舊堅強，

要奮鬥、要尋找、要發現，而不要投降。

哪個譯文唸起來比較（像原文那樣）有「英雄氣概」的感覺，比較能表現雄心壯志？

3. 下面各題也一樣都有一原文與甲、乙兩譯文，請依指示選出正確譯文。

a. A fault confessed is half redressed.

---

48 此三行取自Alfred, Lord Tennyson, "Ulysses"這一首詩之最後三行。

甲、過錯承認了，就是一半改正了。

乙、承認過錯就是改過一半了。

哪一句譯文比較注意到文法形式方面的相等？

b. 志於道，據於德，依於仁，游於藝。

甲、Seek for the Way；hold fast to virtue；live a moral life；and enjoy the pleasures derived from the pursuit of the polite arts.

乙、Hold to truth；stand with virtues；lean towards kindness；find joy in arts.[49]

哪一句譯文比較注意到「對仗」或平行與對照之「隱形」？

c. 別告訴別人哦，海倫是羅伯特的未婚妻。

甲、*Between you and me*, Helen is Robert's betrothed.

乙、*Don't tell others*, Helen is Robert's betrothed.

斜體部分，哪句譯文才是那說話情境的習慣用語？

d. 此路不通。

甲、This Road Leads Nowhere.

乙、No Entry.

---

49 有關此「孔學四要」之英譯的討論，詳見「懂更懂學習英文網站」之〈大家一起翻〉節目中的〔翻7〕。在此，甲譯文為中華文化復興委員會所編*English Translation of the Four Books*的版本。乙為本書作者的譯文。

哪句譯文才是在路邊會看到的告示？

e. Attention！ At Ease！

甲、注意！別緊張！

乙、立正！稍息！

這是運動的提醒（如譯文甲）或軍隊的口令（如譯文乙）？

4. 下面各題也一樣都有一原文與甲、乙兩譯文，請依指示選出正確譯文。

a. 台灣，以往稱之為「福爾摩莎」，位於太平洋之西，其最近處距中國大陸東方不及一百英里。島形如菸葉，南北長約兩百四十英里，東西最寬處約九十英里。總面積有13,837平方英里，略大於荷蘭。屬亞熱帶氣候，整年雨水充足，陽光也多。

甲、Taiwan, known as Formosa in the past, is located in the Western Pacific, at its nearest point less than 100 miles east of the Chinese Mainland. Shaped like a tobacco leaf, the island is about 240 miles from north to south in length, and about 90 miles at the greatest width from east to west. It covers an area of 13,873 square miles, a little larger than Holland. Its climate is subtropical and it has plenty of rainfall and sunshine all the year round.

乙、Taiwan was known as Formosa in the past. It's located in the Western Pacific Ocean. At its nearest point, it's less than 100 miles east of the Chinese Mainland. The island is shaped like a tobacco leaf. It's about 240 miles from north to south in length, and it's about 90 miles at the greatest width from east to west. It covers an area of 13,873 square miles, and it's a little larger than Holland. Its climate is subtropical and it has a lot of rainfall and sunshine all the year round.

原文有正式、文言之風格。哪段譯文比較正式（不像口語）而比較像原文的風格？

b. Things are what you make them； you can laugh or you can cry. But don't you complain when troubles come, for they are only passing by. Nothing will come right for you if you commence the day with a sigh. When you wake up, just make vow to meet each circumstance with a smile and give yourself a chance.

甲、你怎麼弄，事情就怎麼樣；你可以笑，你也可以哭。但麻煩來的時候，你可別埋怨，因為麻煩也是路過的東西。就算你用嘆息來開始一天的生活，事情也不會為你而好過來。當你醒來的時候，就發誓吧。發誓要用微笑來迎接每一種情況，而給你自己一個機會。

乙、事如人為；哭笑皆可。麻煩來時，不應埋怨，因為麻煩也只短暫路過。以嘆息開始一日，未必能得好處。每當醒來，便應發誓：要以微笑面對各種情況，而給自己機會。

原文是口語的、簡單的風格。哪段譯文比較像口語而比較像原文的風格？

[作業參考答案及提示]

1. a.乙 b.甲 c.乙 d.乙 e.乙 f.甲 g.乙 h.乙

2. a.乙 b.甲 c.乙 d.乙

3. a.甲 b.乙 c.甲 d.乙 e.乙

4. a.甲 b.甲

第五章　翻譯的策略與方法

講解

5.1　軍隊有了戰術（tactics），或許就能打贏一場戰役（battle）；想要打贏整個戰爭（war），就必須要有戰略（strategy）。同樣的道理，要翻譯一兩句話或一個小作品，或許只需要用一個對的翻譯方法便可以。可是，假使要翻譯一部大作品（不管是科學的或文藝的）或甚至於一系列的作品（不管屬於同一作者或眾多作者），那可能就必須要有策略（policy, strategy, scheme）才能成功。

5.2　翻譯的策略是依翻譯的目的和目標訂出來的，就像戰爭的策略是依照戰爭的目的和目標訂出來一樣。戰爭的目的可能是為奪取某資源、教訓某政府、報復某國家或民族、或其他原因。翻譯的目的則可能是為賺取金錢名聲、推廣思想文化、引介技術方法、或其他考慮。為某戰爭所訂的目標可能是：在某期限內攻下若干城鎮，為某翻譯所訂的目標則可能是：在某期限內譯好若干作品或譯好某作品的若干部分。

5.3　翻譯大作品（如《紅樓夢》或*Crime and Punishment*）

或一系列作品（如中國的「四書」或多冊的*A History of Philosophy* by Copleston），往往要先擬定一個計劃（plan／project）。計劃之內必然要明訂目的和目標，而針對目的和目標便要提出策略。以梁實秋翻譯《莎士比亞全集》為例，據說翻譯莎士比亞的事是胡適倡議的，而當時胡適是為了「以西方文學（尤其是以名家著作）作為『模範』，通過翻譯來創造新文學，同時也要提倡白話。」（白立平，171）。按侯健教授的觀察，梁先生選擇翻譯莎士比亞，除了為「文學革命」之外，也為了具體表現阿諾德-白璧德（Arnold-Babbitt）以來的新人文主義（new humanism）思想，以對抗工農兵的「革命文學」。[50]

5.4 在〈關於莎士比亞的翻譯〉一文裡，梁先生告訴我們許多有關他譯莎的訊息，其中有關策略與方法的部分，可以歸納成下列幾點：1.他選擇W. J. Craig所編的牛津版莎士比亞全集為原文。2.他把莎劇裡的「無韻詩」全譯成散文。3.他保存原文的標點符號，譯文以原文的句為單位，逐句比對而翻譯。4.他既不要逐字直譯，也不要整句整段意譯。5.他盡量按實際讀音來譯外國的人名、地名，不將它改為中國式的

[50] 對梁實秋而言，莎士比亞是文化的結晶，是Arnold所謂歷史留下的「被知曉被想過的最好的一切」。莎劇裡有Babbitt所要的永恆價值，有梁公所謂的「基本或普遍的人性」，有「嚴肅性」，有「文學的紀律」，不是「大眾文藝」，不是光憑標語口號、拿不出貨色的「普羅文學」。而戲劇當然是「人生的摹仿」，是人文素養的殷鑒，是精英領導者「做人」（不做神或獸）不可或缺的典籍。有關討論，詳侯健《從文學革命到革命文學》一書。

人名、地名。6.碰到無法翻譯的雙關語，他便加註解以為交代。7.文字有原義、引申義、假借義、舊義等，他要弄清楚其真義才翻譯。綜合起來，他要把莎劇譯成「能讀」就好，而不一定要「能演」。的確，梁先生是根據這些策略或方法來翻譯莎士比亞的。

5.5 由這個實例，我們可以看出：翻譯的策略首先包括原文版本的選擇。有的作品會有若干版本的原文，不同版本的原文可能有不同的文字與內容。根據的原文若有不同，產生的譯文自然也不一樣，而不一樣的譯文或許就會影響到翻譯所要達成的目的。一般而言，譯者會選擇根據一個最精確、最常用、最好譯、或最如何的版本來翻譯，但有時也會採用「以某版本為主，另參考其他版本」的策略。其實，有人根本不根據真正的原文來翻譯，為的可能是個人的方便或某特殊因素。例如，翻譯《罪與罰》時，不根據俄文的原文而根據英文的譯文，可能是因為譯者看不懂俄文。又如，翻譯《格列佛遊記》（*Gulliver's Travels*）時，不根據原作者史衛夫特（Swift）的原文，而根據某簡易的改寫版本，可能是為了把它當兒童文學而譯給小孩子看。

5.6 翻譯的策略有時的確也包括「語種」或「文類」的考慮，例如要不要像原文一樣用古語或方言，要不要像原文一樣用韻文，或要不要像原文一樣有詩的形式。如果翻譯的目的只是要讓人瞭解原文的含義，當然就可以不必跟著原文用古語、方言、韻文，也可以把原本是詩歌的原文譯成散文。如果翻譯劇本的目的不是要提供演出的台詞，而是要提供閱讀的作品，那當然就可以不管譯文是不是聽得懂的口語，只管它是不是看得懂的文字就好。

5.7 翻譯的策略確實是根據翻譯的目的來擬定，而翻譯的方法則根據翻譯的策略來調整。例如，如果為了彰顯原作的「異味」（foreignness）而採用「異化」（foreignizing）的策略，譯文的詞語與內容當然就要保留源頭語的異國風貌，像把“David Copperfield”譯成「大衛・考柏菲爾」，便保留洋名洋姓的異國風貌。反之，如果為了讓讀者容易吸收而採用「歸化」（domesticating）的策略，譯文的詞語與內容便要更動為目標語的自然風貌，像把“David Copperfield”譯成「寇大衛」，便有中文姓名的樣子。有人把「日行百里」譯成“travel a hundred *li* a day”然後註明一華里等於多少公里或英里，那是在英文裡保留異國風味的異化策略。如果故意不管是否正確而把它譯成“travel a hundred kilometers／miles a day”，那就是順應目標語的歸化策略。[51]

5.8 大家都知道：口譯時，因為時間倉促而記憶有限，所以通常口譯者只能採取「光抓重點」的策略，不敢也不能採取「細節全要」的策略。在做筆譯時，如果翻譯的目的也是只想告知原文或原作的重點，這時便可以採用「節譯」（而非「全

[51] 在原文中，有些「量詞」（如斤、斗、里）的出現，確實並不需要精確的翻譯。例如，莎劇《威尼斯商人》中提到的“three thousand ducats”，若譯成「三千大元」或「三千金幣」，應該都可接受，而不必譯成「三千達卡特」。

譯」）的策略，只把原文或原作的關鍵部分翻譯出來就好。

5.9 所謂「自由翻譯」（free translation），如果自由到「既不顧原文的語文細節，也不顧原文的話語重點」，那就形同自我創作，稱之為翻譯是容易引起非議的。不過，如果你的目的是要批評原作，而你的策略是「透過翻譯來進行批評」，這時你便可以採用自由翻譯的方法，把原文或原作譯成另一種「有極大差異而可以相互比較」的版本。

5.10 「逐字的字面翻譯」（word-for-word literal translation）也是常常會被人詬病的。但如果翻譯的目的是要讓讀者比對文字，要讓人瞭解譯文跟原文的文字之間有何相等（或相異）的關係，那麼譯者採取「逐字進行字面翻譯」的策略，便可以理解而可以接受。例如，為了解說中文的句法或為了解說中國傳統詩的意象表現方法，有人或許就會有如下的翻譯：

千山鳥飛絕；
One thousand hills birds' flights all-unseen；
萬徑人蹤滅。
Ten thousand paths human traces non-existing.

譯者不把兩句譯成"No birds are seen flying over the numerous hills.／No human traces are found existing in the countless paths."而逐字按字面譯成那樣，一方面可以告知：中文的句法經常是「大主題+小主題+述語」（在此，「千山」和「萬

徑」是大主題，「鳥飛」和「人蹤」是小主題，「絕」和「滅」是述語）。另一方面，也可以告知：中國傳統詩常常以呈現意象為手法，那兩句就是先呈現「千山」和「鳥飛」的意象（images），再呈現「萬徑」和「人蹤」的意象。

5.11 本書第一章提到「意譯」和「音譯」兩種不同的翻譯。其實，那是兩種不同的翻譯方法。在實際翻譯時，要用「意譯」或「音譯」，就要看策略而定。例如，在翻譯《仲夏夜之夢》那個喜劇時，如果譯者的策略是「盡量保存一切喜劇效果」，可能就會考慮把Bottom那個喜劇人物的名字，不只純粹音譯為「巴頓」，而會想同時兼顧語音與含義，把它既音譯也意譯為「把臀」。原因是：在劇中，Bottom曾變成驢頭，代表他是ass，而英文"ass"有「驢」、「笨人」、「臀部／屁股」的含義；在劇中"Bottom"也確實影射到「底部」與「臀部」，他是底層的、粗俗的人。[52]

5.12 本書第一章也提到「直譯」和「意譯」的差別。其實，那兩種翻譯也是不同的翻譯方法。實際翻譯時，要採用何種譯法，往往也要看策略而定。假使你採用上頭提到的「異化」策略，你就會多用（偏重字面的）「直譯」。假使你採用的

[52] 梁實秋把"Bottom"譯成「線團」，方平跟著譯之為「線團兒」。梁在注釋中說明：那是因為此人為織工，而「此字在十六世紀時有『線團』之意。」其實，此字並非指整個線團，而是指紗線所繞的"core"（核心、底子）。在劇中，「線團」之義無法像「底部」與「臀部」一樣產生喜劇效果。例如，Bottom夢到被仙后愛上，而自稱作了一個"Bottom's Dream"。那不是「有關線團的夢」，而是「有關把臀的夢」，是「驢頭的夢、粗鄙的夢、有底卻無底的荒誕之夢」。

是「歸化」策略，你就會多用（偏重含義的）「意譯」。例如，把「魚與熊掌不可得兼」譯成“You cannot have both the fish and the bear palm”，那是異化策略下的直譯。如果譯成“You cannot eat the cake and still have it”，那是歸化策略下的意譯：單單採用相同的含義，而把中文的諺語變成英文的諺語了。

5.13 本書第一章還提到「形譯」和「境譯」。為了忠於原作之形，當然要進行形譯。為了契合某特殊情境的習慣說法，當然就得採用境譯。你不能無緣無故的把「三行體」譯成「四行體」，也不能無緣無故的把“Thank you. I'm flattered”譯成「謝謝你，我被拍馬屁了」（而非「謝謝[你]，[你]過獎了」）。

5.14 通常，我們不會喜歡過分忠於原文字詞的「死譯」，也不會喜歡過分不忠於原文含義的「胡譯」。不過，假使你的目的是要開玩笑，而你的策略是「拿翻譯來開玩笑」，這時你或許真的會用死譯的方法，把「他做事老是馬馬虎虎，而且經常虎頭蛇尾」譯成令人啼笑的“He do thing old is horse horse tiger tiger, and often tiger head snake tail”。同樣的，如果你想開玩笑，你也可以把“As you sow, so shall you reap”胡譯成「你看到什麼就唸什麼」，似乎混淆了“sow”和“saw”以及“reap”和“read”，而忘了原文的含義是：「你怎麼種，你就怎麼收」（種瓜得瓜，種豆得豆）。

5.15 理論上，每一個原文都有許多種譯法，都可以翻成許多版本的譯文。但是，並非每一個譯文都可以輕易的把它歸之於上面提到的某種譯法。例如，把“It is interesting that he can sleep on horseback”譯成「他能邊騎馬邊睡覺，真是有趣」，這算「直譯」或「意譯」呢？如果譯成「有趣的是：他能在馬背上睡覺」呢？或許你說前者較像意譯而後者較像直譯。但如果譯成「那很有趣：他能邊騎馬邊睡覺」呢？好像又直譯又意譯，不是嗎？

5.16 不管使用何種譯法，正常的譯文都要以「信、達、恰」為目標，都要忠於原文而本身都要通順暢達，最好還能恰到好處。針對那些目標，譯法是要靈活變動的。為了通順明白，有時便要用「增譯法」，例如：把“She eats like a bird”譯成「她吃得像鳥一樣少」，不只譯成「她吃得像鳥一樣」。或把「這兩兄弟已經形同水火」譯成“These two brothers have become mutually incompatible like water and fire”，不只譯成“These two brothers have become like water and fire”。有時則要用「省譯法」，例如：把“Summer is the season when most people go abroad”譯成「夏季最多人出國」，不譯成「夏天是當最多人出國的季節」。或把「他們如此努力只為三餐」譯成“They work so hard just for their meals”，不譯成“They work so hard just for their three meals（a day）”。有時更要用「改譯法」，例如：把“Most people do not know the value of health until they lose it”譯成「大部分的人失掉健康才知道健康的價值」，不譯成「大部分的人不知道健康的價值，直到他們失掉它」。或把「她是不讓鬚眉的巾幗英雄」譯成“She is as heroic a woman as any man”，不譯成“She is a heroine wearing scarf and skirt that yields to no man wearing beard and brows”。[53]

5.17 總之，除了想譯好之外，翻譯通常是另有目的和目標的。為了達成那目的或目標，譯者有時會訂有計劃，而運用某策略。策略可能牽涉到原作版本的選擇、語種或文類的考量、異化或歸化的抉擇等，策略也可能牽涉到其他因素。例如，如果目標是「在短期內翻完一系列著作」，就可能採用「多人合作翻譯」的策略。如果目的是「為原作進行全面宣傳」，就可能有「譯成多國文字」的策略。不過，策略最常牽涉到的因素還是譯法。我們說了：在「異化」策略之下會多用（偏重字面的）「直譯」，在「歸化」策略之下則會多用（偏重含義的）「意譯」或「釋譯」。其他在特殊的目的或策略之下，則會採用音譯、自由翻譯、甚至於死譯或胡譯的方法。至於形譯、境譯、增譯法、省譯法、改譯法、倒譯法、簡譯法、或任何有名或無名的譯法，則通常是為了讓形、音、義、境能夠信、達、恰而靈活運用的翻譯方法。

---

[53] 在中啟社所編的《英文作文與翻譯》一書中（頁290-299），有更多增譯法、省譯法、和改譯法的例子。該書除了提到那三種譯法之外，還有提到倒譯法（如把“She is not happy, though she is rich”譯成「雖然她很富有，卻並不快樂」），以及簡譯法（如把”Scientific exploration, the search for knowledge, has given man the practical results of being able to shield himself from the calamities of nature and the calamities imposed by other men”譯成「科技的探測，知識的追求，使人們獲得了避免天災人禍的實力」）。

作業

1. 古羅馬諷刺大師朱文諾（Juvenal）的*Satires*（《諷刺文》）是十六篇用拉丁文寫的韻文（verse），從十七世紀以來曾有許多人將之譯出英文版。在1991年，Niall Rudd又將之譯為英文，由Oxford University Press出版。在該書的前言中，譯者首先講到“A ‘literal translation,’ which may be the best for someone needing help with the Latin, cannot also be a ‘literary translation. ’”他說的是：「對需要幫忙懂拉丁文的人而言，『字面的翻譯』或許最好，但字面的翻譯不可能也是『文學的翻譯』。」這番話的言下之意是：在翻譯時，他要顧原文的字面，更要顧原作的文學效果。請問：這番話是否也表示他要採用「字面與文學效果兩面兼顧」的翻譯策略？
2. 在同一篇前言中，譯者（Rudd）也提到他的決定：把韻文（verse）的原作，依然譯成韻文，而不譯成散文（prose）。不過，因為考量到拉丁文與英文在作詩方法（versification）上有所差異，所以他決定幾項原則：一、行數盡量跟原作一致或接近。二、放棄跟原作一樣用韻腳（rhyme）。三、跟原作一樣以六音步詩行（hexameter）來翻譯。他說他這些原則是要“recall”（喚回）而非“reproduce”（再生）原來的拉丁節奏（rhythm）。請問：他這番話是不是牽涉到文類（genre）與文體（style）的選擇？是不是也在指出他的翻譯策略與方法？

3. 在同一篇前言中，Rudd還提到有關“authenticity”（真實）的問題。他表示：不能光是為了產生“ancientness”（古老的感覺）而把話語翻成帶有“strangeness”（離奇的感覺）。保存“strangeness”0等於保存“art”（技藝）。譯文還是要“accessible”（能接近、可閱讀）。請問：他這一番話是不是表示他比較偏向「歸化策略」而非「異化策略」？
4. 在談到指涉時人時事的問題時，Rudd主張保留原文提到的人名，必要時加注，不要把它換成別的名稱。這點是不是他（為了達到真實感所用的）翻譯的策略與方法？
5. 至於語言風格的問題，Rudd承認朱文諾的言語是“colloquial”（口語），甚至“slangy”（俚俗），但並不“vulgar”（粗鄙），所以他翻譯時也要保守一點，要避免粗鄙。這點是不是他（信於原作的）翻譯的策略與方法？
6. Rudd並沒有告訴我們他據以英譯的拉丁文版本是何人所編、何時由何家出版社出版。可是，在前言的最後一段，他告訴我們：每譯一段，他都會寫下各種“key words, suitable phrases, and metrical units”（關鍵字、合適詞語、和韻律單位），而在初稿準備好之後他會參考別人的“commentaries and translations”（評注和翻譯），思考各種可能的翻譯，挑出最合適的譯法，但也盡量稍加修改，以表示自己的獨立。請問：他這一番話是不是也在指出他的翻譯策略與方法？
7. 下面各題有一原文及其譯文，請指出其翻譯策略或譯法：

   a. 他兩眼盯著她的項鍊。He fixed his eyes on her necklace.

[增譯法或省譯法？]

b. As the bills passed from hand to hand, they became worn and torn.這些鈔票，被一手一手傳來傳去，就變成破破爛爛了。

[增譯法或改譯法？]

c. 說到曹操，曹操就到。Talk of the devil, and the devil will appear.

[異化策略或歸化策略？]

d. His house is in the village, though.但是，他的家在村子裡。

[倒譯法或簡譯法？]

e. It is a case of the so-called Oedipus complex.那是所謂戀母情結的案例。

[意譯或音譯？]

f. It is a wise father that knows his own child.再明智的父親也認不清自己的小孩。

[直譯或釋譯？]

[作業參考答案及提示]

1. 是

2. 是，是

3. 是

4. 是

5. 是

6. 是

7. a.省譯法 b.增譯法 c.歸化策略 d.倒譯法 e.意譯 f.釋譯

第六章　原文的可譯度

講解

6.1　理論上，用任何一種語文所說出或寫出的東西，應該都可以翻譯成另一種語文。但實際上，用某源頭語所說出或寫出的東西，不一定都能在目標語裡頭找到真正相等的東西來翻譯。有不少原文或原作，由於某些特殊原因，是很難或根本不可能翻譯成另一種文字的。所以，譯者在翻譯之前，應該評估原文的「可譯度」（translatability），無法翻譯的，就不要勉強要加以翻譯；很難翻譯而又必須翻譯的，就要運用特別的策略與方法來加以翻譯。

6.2　我們說過，翻譯的相等原則要用在「內容／含義」與「形式／風格」兩方面。那麼，是「內容／含義」比較難以對等或是「形式／風格」呢？一般說來，要在兩種語言裡找到「有類似含義」的對等詞語，應該是不難的，所以才會有雙語詞典的編輯。不過，在特殊的文化裡確實會有一些特殊的觀念與詞語，而那些特殊的觀念與詞語在另一文化中可能找不到對等的用語，因此翻譯時會感到很困難。例如，要把基督教的"grace"翻成中文，或把華人所謂體內的「氣（血）」翻成英文，那就不知有何完全對等的字眼可以用。

6.3 儘管特殊的文化會有獨特的觀念，翻譯時，原文的「內容／含義」通常還是比「形式／風格」更容易找到對等的詞語或表現的方法。有些特殊的形式／風格，還真是很難翻譯出來的。我們說過，翻譯的對等層面有義、音、形、境（sense, sound, shape, and situation）四個。翻譯時，通常要先考慮造成「內容」的義與境，然後才考慮造成「風格」的音與形。問題是：往往顧到義與境，就顧不到音與形。理論上，當然了，只要譯者的功夫到家，「形式／風格」的困難還是可以克服的。[54]但有些特殊的表現方法，還真是"untranslatable"。

6.4 有一類「藉形造義」的詩，翻譯時，無法以相同方式來藉形造義，那種詩當然就不可譯。例如，康明思（E. E. Cummings）有一首詩叫"L（a"，該詩全文如下：

l(a

[54] Shiyab&Lynch就曾說："Style is translatable if and only if the translator possesses the theoretical knowledge, practical skills, and the ability to carefully appreciate the tone and spirit of the original work"（264）。

le

af

fa

ll

s)

one

l

iness

該詩是由“loneliness”一字和“a leaf falls”一語組成，但“loneliness”拆成四片（l, one, l, iness），“a leaf falls”拆成六片（a, le, af, fa, ll, s），然後把那些字母形成的碎片「好像一葉掉落似的」上下排列，而且用括弧把“a leaf falls”藏在“loneliness”之中，好像在說：一人之孤單落寞就像一葉之落地。像這樣的一首英文詩能夠用中文來翻譯嗎？當然不可能。中文根本沒有「字母」可以對應英文的字母，中文字也不可能拆成類似的碎片來做有意義的排列。

6.5 西方有一類所謂的具象詩（concrete poetry）或圖像詩（shaped poems），不僅用字母組成形像，有時還用字母提示聲音，那種詩當然也無法譯成無字母的中文。例如，Edwin Morgan的那首“Siesta of a Hungarian Snake”（〈匈牙利蛇的小睡〉），它用s／S和z／Z排成s sz sz SZ sz SZ sz ZS zs Zs zs zs z這樣的一行。這樣的排列，一方面提示：那條蛇伸長身體、頭尾細而中腹粗、帶有對稱的花紋。另一方面也提示：那條蛇會發出嘶嘶的聲音（像s或z）。這樣的詩當然不可能用中文字的部首（視為等於英文字母）來仿造排列，而試圖「翻譯」出它原有的含義。有哪一個部首等於s或z呢？

6.6 許多人說過「詩無法翻譯」的話。[55]詩之所以無法翻譯，是因為詩是高度具有「文學性」（literariness）的語言，它不僅要表達含義（meaning）或用意（significance），更要透過字詞（words）的選擇與安排來同時表現出形式（form）或風格（style），而這種內涵與外形兼顧的努力，往往同時牽涉到義、音、形、境等四大層面。前面所說的具象詩，它之所以無法翻譯，是因為找不到對等的東西來翻譯出原有的形與義。其實，許多彰顯「以音佐義」的詩作或詩行，也是很難翻譯的（就算可以翻譯的話）。例如，Tennyson有一首詩叫"The Lotus-Eaters"（〈食蓮者〉），詩中描述奧迪賽（Odysseus）及其部下來到食蓮者的島嶼，島上一片昏沈睡

[55] 例如，Roman Jakobson說過："…poetry by definition is untranslatable."見其"On Linguistic Aspects of Translation,"rpt. in Schulte & Biguenet, p. 151.另外，林語堂曾引Croce的話（「凡真正的藝術作品都是不可能譯的」）而說：「詩為文學品類中之最純粹之藝術最為文字之精英所寄託的，而詩乃最不可譯的東西。」見其〈論翻譯〉，頁45。英國大文豪與字典編者Samuel Johnson曾說："Poetry, indeed, cannot be translated."

意，吃了蓮的人便無力行動而無心返鄉。為了表現那昏沈睡意，詩中用了許多字帶有m, n,和ng的鼻音。如果你用中文來翻譯那首詩，恐怕就只能「顧義而不顧音」了。像“In the afternoon they came unto a land／In which it seemed always afternoon”這兩行，若把它譯成「下午時，他們來到某地方，在那裡，似乎總是下午時」，這樣就失去了許多昏沈的m, n的聲音。

6.7 在「翻譯必須先顧含義」的原則下，許多「以音佐義」的詩行的確很難翻譯到照樣能夠以音佐義。像Tennyson的另一首詩“The Eagle”，它用老鷹來影射暴虐的君王或強盜首領。該詩第一行說：“He claps the crag with crooked hands”。這一行故意選用三個以c開頭而發音為／k／的字（claps, crag, crooked）來影射“king”的含義，而又藉那三字的讀音來影射暴虐（因為讀起來很拗口而感覺起來粗糙用力）。可是，當你按字面含義把整句譯成「他用彎曲的手緊抓住那岩石」時，能保留住那聲音原來帶有的影射嗎？

6.8 雙關語（pun）不一定只出現在詩中，平常話也會有雙關語。但無論出現在何處，雙關語都是很難翻譯的。像John Donne在一首稱頌上帝的詩中說到“…at my death Thy Son／Shall shine as he shines now…”。這裡的“Son”既指兒子（son）也（藉由同音）兼指太陽（sun）。可是，要翻譯時，誰能找到一個中文的字詞可以同樣兼指兒子與太陽呢？同樣的，當某員工說「老闆有意讓我放一個無心而有淚的假」時，該員工所說的「無心」，實際上兼指「無薪」。但翻譯時，誰能找到一個英文的詞語可以同樣兼指「無心」與「無薪」呢？

6.9 雙關語是一種文字遊戲（word play）。其實，靠字形或靠字音所玩的文字遊戲，都是很難翻譯的。例如，各國語言裡都有繞口令（tongue twisters），但翻譯時如何能譯出那原有的、繞口的趣味呢？，像“She sells seashells by the seashore”譯成「她在海邊賣貝殼」，便盡失原來的繞口趣味。趙元任曾寫一個八十幾字的〈施氏食獅史〉，在裡頭他不斷重複“ㄕ”的聲音，只是換調（pitch）而已。你有辦法找到那麼多光是由sh形成的英文字來講述那個「施氏誓食十獅」又「適十獅適市」的故事嗎？

6.10 迴文（palindrome）是一種玩「順讀和倒讀皆通」的遊戲。迴文的字句可以翻譯，但譯文無法顯示原文的遊玩趣味。例如，你可以把“Madam, I'm Adam”譯成「夫人，我是亞當」，但這個譯文倒讀起來是「當亞是我人夫」。它不像原文：它倒讀時，不會跟順讀一樣。同樣的，字謎（charade）的譯文也往往產生不了原文的猜字趣味。例如，從「C先生和T小姐打開門跑進來」這譯文，你能夠像從“Mr. C and Miss T open the *door* and come in”這原文一樣，好玩地猜到“doctor”這一個字嗎？又如，從“The sovereign has neither head nor tail”這譯文，你能像從「至尊沒頭沒尾」那樣有趣地猜到「酉」字嗎？

6.11 中國文化裡的「對聯」，內容可能嚴肅或輕鬆，但基本上它還是一種文字遊戲。它要求兩句字數要一樣、字詞要對照（在含義甚至字音方面）。這種對聯如何能翻譯成西方的文字呢？例如，某土地公廟的門上有副對聯說：「善心如不泯，人間到處皆天堂；惡事若敢為，世上何處非地獄？」試問：你能用「十二音節（5+7）對比十二音節（5+7）」的英文字來寫那對聯嗎？就算讓你多加幾音節，你還能讓那些英文字的含義方面有「善心」對「惡事」、「如不泯」對「若敢為」、「到處」對「何處」、「皆天堂」對「非地獄」的工整嗎？比方說，你把它譯成“If you still have a kind heart, the world is heaven everywhere； if you dare to do evil things, where on earth is not hell？”，這英文很通順，但那「對仗」的趣味已經大不如原文了。

6.12 詩或歌裡的節式（stanzaic form）、韻律（meter）、韻腳（rhyme）、頭韻（alliteration）、母音和諧（assonance）、子音和諧（consonance）、乃至不和諧音（cacophony），理論上都是形與音的文字遊戲。翻譯時，在「先顧含義」的原則下，往往無法讓譯文也兼顧到那些伎倆在形與音方面所產生的效用。如果堅持要顯示那些形與音的技巧，往往就得稍微變更原文的含義或句法。這也就是一個「詩歌很難翻譯」的主要原因。例如，莎劇《如君之願》（*As You Like It*）有一首歌的部分歌詞如下：

Under the greenwood tree,
Who loves to lie with me,
And turn his merry note,
Unto the sweet bird's throat.

這四行如果譯成「在這綠林樹底下，誰愛跟我躺或趴，歡樂歌聲來應酬，迎對鳥兒好歌喉」，[56]或許每行音節數差不多（原文6，譯文7），也有押韻，但把"lie"譯成「躺或趴」，[57]顯然是為了押韻的緣故。

6.13 詩歌很難翻譯的原因，除了不易兼顧形與音的層面之外，還有義的層面也很難掌握。大家都知道，詩歌的語言含義

---

[56] 此為本書作者所譯。梁實秋將它譯成「高臥綠蔭林中，誰願和我作伴，變歡樂的歌聲，為嘹亮的鳥囀。」梁譯維持每行六音節，但押韻不像原文aabb的方式，原文含義更有不少遭到變更，尤其將"turn…unto…"（「轉…去面對／去迎合…」）譯成「變…為…」更是誤解（誤把"turn…unto…"等同"turn…into…"）。

[57] 其實，英文"lie"既可指「躺」（lie on one's back），也可指「趴」（lie on one's belly），故把"lie"翻成「躺或趴」，並非離譜。

往往要曖昧（ambiguity）或多義（plurisignation），而不要平白（plainness）。問題是：在原文中曖昧或多義的字眼，在譯文中也能找到同樣曖昧或多義的字眼來翻譯嗎？例如，Keats在“Ode on a Grecian Urn”裡，稱呼那骨灰甕為“still unravished bride of quietness”，這稱呼如何譯成中文呢？首先，“still”有「無聲」、「不動」、與「仍然」之意，但翻譯時你只能選擇其中的一種含義來翻。此外，“bride of quietness”可能指「靜寂（不出聲）的新娘」（= quiet bride），也可能指「嫁給靜寂的新娘」（= bride married to Quietness）。當然了，翻成「靜寂的新娘」可以兼含兩義，但一般的讀者可能想不到「靜寂的新娘」也兼指「嫁給靜寂的新娘」。

6.14 詩歌除了要經營曖昧或多義之外，也要在「明指的含義」（denotation）上產生「蓄藏的含義」（connotation）。例如，Blake 在“The Sick Rose”那首詩中說“The invisible worm”已經找到Rose的床。詩人選用“worm”這個字，不用“bug”這個同義字，因為“worm”會讓人聯想到「蠕動的」、「令人噁心的」、「跟腐爛和死亡有關的」、「會吃屍肉的」等這些不好的、蓄藏的含義，而“bug”則比較沒有那些令人不悅的聯想。[58]翻譯時，如果你把“The invisible worm”翻成「那

[58] 此兩字的分辨，在M. K. Danziger & W. S. Johnson的*An Introduction to Literary Criticism*, p. 33，有類似的說明。另按：“worm”在西方可指狡詐的蛇（snake），

隻見不到的蟲」，便不知是“worm”或“bug”了。但你能把它譯成「蠕蟲」或「毛蟲」來對比「甲蟲」嗎？原文的用字（diction／wording）如果有「蓄藏的含義」，翻譯時想要讓它隨著譯文充分表現出來，那確實會很困難。

6.15 當語詞（words）在特殊的情境（situation）中帶有額外的用意（significance）時，那也會增加翻譯的困難。例如，當白丁附會風雅而進行“malapropism”（錯用、濫植文字）時，直譯其言語很可能顯示不出那特殊的情境。像在莎劇《法度對法度》（*Measure for Measure*）中，寡學無文的Elbow向主政的Angelo報告說他帶來了“two notorious benefactors”，還說那兩個人都是“void of all profanation”。他的本意是要說他帶來了「兩個惡名昭彰的頑劣分子」（two notorious malefactors），卻誤把“malefactors”說成“benefactors”，因而造成「兩個惡名昭彰的善類分子」這說法。同樣的，他本來想說那兩個人都是「空無職業」（void of all profession），卻錯誤的把它說成“void of all profanation”（空無褻瀆）。在翻譯時，你能不按照他實際說的而譯為「兩個惡名昭彰的善類分子」和「空無褻瀆」嗎？可是，那樣譯，劇本的讀者或聽眾能領悟到Elbow在錯用、濫植文字嗎？

在中國“蟲”則可指老虎。在Blake的詩中，Rose既指玫瑰，也指美女（或許她名叫Rose）。因此，此worm也可影射吃、咬女人的蟲或蛇，雖然實指壞男人。

6.16 以上我們提到的招數或手法，都是使形、音、義、境更為複雜的文學技巧（literary skills）或詩歌伎倆（poetic devices）。我們在此並沒有說盡所有的文學技巧或詩歌伎倆，但這些提到的已經足夠說明：越有文學技巧或詩歌伎倆，那就越有翻譯的困難度，因為譯文中很難對等的表現那技巧或伎倆。我們也可以說：越使義、音、形、境複雜化，那就越降低可譯度，因為譯文不易表現同樣複雜的義、音、形、境。我們說過，翻譯的目標是信、達、恰。但實際翻譯的時候，大家都會發現：信於原文的義，往往就無法同時信於原文的音、形、境。當你設法想要兼顧義、音、形、境時，譯文卻又往往無法通順暢達。確實，只有在特別幸運時，才能找到恰切的詞語來讓譯文的義、音、形、境都跟原文的義、音、形、境似乎完全相等。

6.17 我們可以把語言分成三種。「科學的語言」（scientific language）是最單純、最平白的語言，它不要曖昧或多義，也不玩文字遊戲，它當然是最容易翻譯的語言。「詩歌的語言」（poetic language）是最複雜、最多義的語言，它常利用義、音、形、境來玩文字遊戲，它當然是最沒有可譯度的語言。至於處在科學語言和詩歌語言之間的「日常語言」（ordinary language），它通常平白，但偶爾也有文學性、也會玩弄文字，它自然是可譯度居中的語言。

6.18「可譯度」不等於「可理解度」（comprehensibility）。原文好譯，並不保證譯文好理解。充滿術語的科學譯文，對外行人而言，還是很難理解的。充滿創作伎倆的詩歌，如果翻譯得宜，那譯文也是容易領略的。最重要的就是我們一開頭所說的話：譯者在翻譯之前，應該評估原文的可譯度（translatability），無法翻譯的，就不要勉強要加以翻譯；很難翻譯而又必須翻譯的，就要運用特別的策略與方法來加以翻譯。

作業

1. 康明思（E. E. Cummings）在另一首詩裡，把字裡的小寫"o"改成大寫"O"來彰顯他要的含義，那些詩行當然無法翻譯。如"mOOn Over tOwns mOOn"這一行譯成「月在城上月」時，無法在中文的字形裡同樣顯出圓圓的月形。同樣的道理，某詩人在一首叫〈輓陶兒〉的中文詩裡，[59]把某陶器比成某陶兒，把陶器被弄破比成陶兒被毀壞，而在講到製陶的過程時，用了許多有「提手旁」的中文字來加強「親手製造」的含義。這首詩的第四、第五段如下：

 起先是掏水來和泥：
 掏點先和，和了再掏，
 既怕它太溼冷，也怕它太乾燥。
 握著它，努力搓，繼續揉，
 有時更敲還搗，
 把異物淘汰，把雜質拿掉。

 接著捻它一塊做這個，撚它一塊做那個，
 挖它一點添這裡，拔它一點補那裡，

[59] 該詩為本書作者所寫，印在《落英集》（台北：書林，1984），頁111-5。

一下子按，一下子扭，一下子拉，一下子擠，

還得經常扶它，提它，摸它，

當然有時也捏它，擰它，捉弄它，

不過，總希望它，儘速成個器。

試問：這兩段話譯成英文時，有辦法找到那麼多可以提示「親手製造」的英文動詞嗎？像scoop up（舀、掏）、grasp（握）、knead（搓）、rub（揉）、bray（搗）、twist（捻）、 twirl（撚）、dig（挖）、pull（拔／拉）、press（按）、wring（扭／擰）、squeeze（擠）、hold（扶）、raise（提）、touch（摸）、pinch（捏／擰）、catch（捉）等，這些英文字有「提手旁」嗎？有含義是「手」的字首、字尾、或字根嗎？

2. 有一首中文詩叫〈鐘錶聲〉，[60]該詩有兩段，每段六十字，詩人顯然用兩字滴答一聲來代表一秒鐘，而讓鐘錶說出「古人不受制於時間，今人則受制於時間」的道理。其全文如下：

古代、沒鐘、沒錶、沒有、計時、儀器、

那時、人類、日出、而作、日入、而息、

不知、鐘點、不知、分秒、快樂、無比、

[60] 該詩也是本書作者所寫，印在《落英集》（台北：書林，1984），頁87。

要吃、便吃、要睡、便睡、不講、時機、
即使、身為、乞丐、哪個、不像、皇帝？

現代、有鐘、有錶、又有、打卡、機器、
這時、人類、按時、而作、按時、而息、
既論、鐘點、也論、分秒、痛苦、無比、
上班、看鐘、赴約、看錶、全講、時機、
就算、當了、總統、哪個、不像、奴隸？

試問：這首詩能不能同樣用「兩音節為一單位而代表一秒鐘」的英文詞語來加以翻譯？像「古代／現代」譯成“In ancient／modern times”便多出一倍的音節；「奴隸」翻成“a slave”是兩音節，但「皇帝」譯成“an emperor”卻是四音節。可見：要翻成英文的話，這首詩的可譯度很低，不是嗎？

3. 在一首叫“Luna's Face”的詩中，[61]說話者把他妻子盧娜的臉比成月亮，他一開頭就說：“My wife Luna's face has cyclical changes. She has as many faces as the moon has phases.”如果把這兩句話譯成中文，應該類似：「我妻子盧娜的臉有週期性的變化。她有許多張臉相，就像月亮有許多變相。」這樣的譯文可算既信且達，但卻有妙處在翻譯中喪失了。原文的“faces”

[61] 該詩也是本書作者所寫，全詩做為〈今日補品〉（*Today's Tonic*）裡的[Tn-40]，而放在「懂更懂學習英文網站」的《每日一字句》補充單元裡。

和"phases"是同音字（homonyms），但譯文的「臉相」和「變相」是同音字嗎？

4. 在同一首詩裡，後頭說："So long as she orbits me, and we orbit our son, the son can make in her all those moody faces."把這句話譯成中文應該類似：「只要她繞我運轉而我們繞兒子運轉，兒子就會使她產生那麼多心情變化的臉相。」這樣的譯文也可算既信且達，但在此也有妙處喪失了。原文的"son"是否為雙關語（pun）？它是否藉由與"sun"同意而兼指「太陽」？可是，譯文中的「兒子」有跟「太陽」同音嗎？能造成雙關語嗎？

5. 有一篇動物寓言（fable）叫"A Democratic Story"。[62]在裡頭，某隻老虎（外號the Awesome One）與某隻野豬（外號 the Undaunted One）要競選當某林區的總統。在競選期間，兩邊互相叫罵，而有一段敘述包含這兩句話：

> *... a boar remarked, "That tiger will tie you even tighter with a terrible girdle； only the boar can oar you towards the shore of bliss." And a tigress swore that bears cannot bear to live with boars because all boars are bores.*

[62] 該篇寓言也是本書作者所寫，印在*An Inspiring English Reader*一書中當Unit Two，放在「懂更懂學習英文網站」的《啟發閱讀單元》節目中。

這些話就像繞口令（tongue twisters），其中有同音字（boars和 bores），有押頭韻的字（That tiger will tie you even tighter with a terrible girdle…bears cannot bear to live with boars because all boars are bores），有母音和諧（only the boar can oar you towards the shore of bliss）等成分。當你把它譯成中文時，能夠保有這些手法的趣味嗎？例如，假定你的譯文是：「有隻公豬評說：『那隻老虎會用一條恐怖的腰帶把你們綁得甚至更緊；只有這隻公豬才能用槳把你們划向幸福的岸上。』而有隻母老虎發誓：熊無法忍受跟野豬一起生活，因為所有野豬都是討厭的東西。」試問：這樣還有明顯的文字遊戲嗎？

6. 有一首詩叫〈飛機〉，該詩有點像日本的*haiku*（俳句），它只有簡單的兩句：「浮沈千古人，悠悠白雲間。」[63]表面上這首詩好像只在描繪「飛機載著千古以來的人，浮沈在悠遠渺茫的白雲之間。」其實，這首詩充滿曖昧或多義，它也影射到薛瑩〈秋日湖上〉的「浮沈千古事」和崔顥〈黃鶴樓〉的「白雲千載空悠悠」兩句。詩的標題「飛機」，既指在天上飛的交通工具，也指「飛來飛去的機會或機運」：自古以來，確實有千千萬萬人浮沈在飛來飛去的機會／機運中，樣子或悠閒安適，或帶憂思，但似乎總在悠遠渺茫的白雲之間行進，忽浮忽沈的

[63] 該詩也是本書作者所寫，印在《繽紛錄》（台北：書林，2004），頁201。

過日子。「浮沈」兼指「成敗興衰」；「千古人」既是「千古以來之人」，也是「作古（死去）之千千萬萬人」。「悠悠」通常有三義：閒適樣，憂思樣，渺遠樣。白雲是白雲，但「白雲蒼狗」變幻莫測。假如你把這首詩譯成：

Airplane
Ascending and descending, it carries people of all times.
Leisurely or melancholy, they fly amid the white clouds.

這譯文或許已經信、達，但它有原文的曖昧、多義嗎？能給人許多有關「機運飛逝」和「人世浮沈」的聯想嗎？

7. 莎劇《仲夏夜之夢》（*A Midsummer Night's Dream*）裡的丑角Bottom，他是一位常常錯用、濫植文字的人。在第三幕第一景裡，他跟其他一干庶人到森林中去排演一齣戲要為公爵祝婚。戲目是Pyramus and Thisbe的悲劇，但他們卻要把它演成笑鬧的喜劇。故事裡有「獅子出現，咬傷女主角」的劇情。這些人擔心：舞台上，即使人扮獅子，也會嚇壞女觀眾。於是，Bottom建議說：「沒關係，扮獅子的人，報出自己的名字，半張臉從獅子的脖子間露出來，然後就這麼說，或"to the same defect：'Ladies, I would wish you, ' or 'I would request you,' or 'I would entreat you, not to fear, not to tremble…'"。」在這裡，Bottom原本要說"to the same *effect*：…"，意即「有這同樣的大意」。

可是，他實際說的“to the same *defect*：…”卻變成「有這同樣的缺陷」。

試問：

a. 若將“to the same defect”這句話譯成中文，有辦法彰顯Bottom的“malapropism”（錯用、濫植文字）嗎？

b. 譯成「有這同樣的大意」時，讀者或聽眾會知道他真正說的是“to the same *defect*：…”嗎？

c. 譯成「有這同樣的缺陷」時，讀者或聽眾會知道他原來想說的是“to the same *effect*：…”嗎？

d. 像梁實秋一樣，將之譯成「大意如此的說」好嗎？

e. 或像方平一樣，將之譯成「不倫不類的這一番話」好嗎？方平加註說「不倫不類」應為「諸如此類」。可是，「不倫不類」真的可以視為用錯「諸如此類」的結果嗎？

f. 如果譯成「這樣言簡意缺的說」，表示Bottom原本想說「這樣言簡意賅的說」，是不是跟原文一樣有「用錯成語」之嫌？（按：英文“to the effect”是一成語，意為「有此大意」。）

[作業參考答案及提示]

1. 沒辦法，沒有，沒有

2. 不能，是

3. 不是

4. 是，是，沒有，不能

5. 不能，沒有

6. 沒有，不能

7. a.沒辦法 b.不會 c.不會 d.不好 e.不好，不可以 f.是

第七章　選擇與安排的藝術

講解

7.1　到底翻譯是科學（science）或是藝術（art）呢？[64]如果任何一種語言裡所有可能出現的字詞語句，都能按照其形、音、義、境的各種差異，加以數位化，那麼翻譯就可能是一種科學：翻譯時，只需鍵入原文的各個字詞語句，然後按一下「擬翻成的語言」，接著經由數位的轉換，相等的譯文便會出現，而那譯出的字詞語句便可能既信且達，甚至於有恰到好處的可能。但問題是：任何一種語言裡所有可能出現的字詞語句，按照其形、音、義、境的各種差異，都能毫無遺漏而且完全精確的加以數位化嗎？翻譯的機器真能辨識所有字詞語句的所有形、音、義、境嗎？在數位轉換的過程中，真的都不會有差錯嗎？至少到目前為止，翻譯機還都不是那麼精確好用的。翻譯機仍然無法克服其限制與差錯，這就證明翻譯還不是一種機械式的、可以完全數位化的科學。

[64] 張谷若在為黃邦傑的《譯藝譚》寫序時說：翻譯「為科學亦為藝術，為藝術亦為科學」（頁i）。

7.2 許多人說過「翻譯是一種藝術」（“Translation is an art”），也有不少文章、著作以「翻譯的藝術」（“The Art of Translation”）為名。[65]到底中文所說的「藝術」或英文所說的“art”，指的是什麼呢？首先，它指的是一種人為的（man-made／artificial）工夫，不是自然的（natural）結果。通常進行此工夫的人是特別有才華（talented）、有經驗（experienced）、有技巧（skilled）的行家。像畫家、音樂家、雕刻家、乃至翻譯家等，應該都是這樣的藝術家。其次，藝術是一種由先天才華配上後天經驗所積聚形成的技巧（skill）或技藝（craft）。因此，畫家、音樂家、雕刻家、乃至翻譯家等，都需要經過長期的培養與訓練。最重要的是：藝術是個人創造的（creative）行為，不是集體生產的（productive）行為。工廠可以用機器生產許多物品，但那些物品通常不叫藝術品，因為它比較沒有個人的「創造性」（creativity），也就是比較沒有個人的「創意」（originality）可言。相對的，藝術強調的是個人的「創造性」，而那創造性就是個人的創意或「獨特性」（uniqueness）。

7.3 說到這裡，我們必須承認：翻譯確實不像寫詩、作畫、造音

[65] 例如，唐人在〈翻譯是藝術〉那篇文章中說：「翻譯如同繪畫，是藝術，不只是技術」（頁523）。Kenneth在Google擺放“10 Translation Quotes”（June 8, 2009）一文時說：“Translation is a fine art of balancing the character of the original language and giving it new life in a fresh language.” Theodore Savory在1957出版一書叫*The Art of Translation*，Jiri Levy在2011年也出版一書叫*The Art of Translation*。

樂那麼強調個人獨特的創意或創造性。不過，我們也應該要知道：巧妙的譯文確實也會展現譯者個人獨特的創意或創造性。進一步說，藝術的最終目的是真善美，不是創意。獨特的創造為的也是那好的目標。其實，藝術跟科學最大的不同在於：在創造或製造的過程中，科學希望有固定的、機械的施作與結果，不希望有隨機的、任意的選擇與安排。相對的，藝術則給予施作者一切隨機的與任意的選擇與安排，不要他做固定的、機械的反應，也不要求他產生一致的、必然的結果。因此，翻譯家做的不是翻譯機所做的那種固定的、機械的行為，而是在信、達、恰的目標之下，隨時不斷的進行個人認為最適宜的選擇與安排。也因此，針對同樣一個原文，不同的翻譯者會有不同的選擇與安排，也會產生極為不同的譯文。

7.4 翻譯確實是一種選擇與安排的藝術。在整個翻譯的過程中，譯者有哪些事項必須要進行選擇與安排呢？首先，在進行翻譯之前，「譯或不譯」便是重要的選擇，也會帶來不同的安排。當翻譯某作品會敗壞風俗或觸犯法律時，譯者當然可以選擇不予翻譯而做婉拒的安排。當某原文很難翻譯而你也沒能力翻譯時，你當然也可以選擇不予翻譯而安排說出你不想譯的理由。當某原文或原作在道義上或在名利上值得翻譯時，如果它對你又有很高的「可譯度」，你當然可以選擇把它給翻譯，而接著你便要安排整個翻譯的工作。

7.5 在實際翻譯之前，如果已經看到原文或原作，就有「先研究或不先研究」的選擇。通常有責任心的譯者都會選擇「先徹底研究原文／原作」，而自行安排研究的工作。研究時，如果發現原文／原作有兩種以上的版本（versions），就有「根據何種版本」的選擇與安排，有時只採用某版本，有時主要根據某版本而參考其他版本。等到實際翻譯時，要選擇與安排的事項便更繁複多了。如果你要翻成的目標語有兩種以上算同中有異的語言，你就必須選擇其中的一種來當標準而安排讓譯文都前後一致。例如，把中文翻成英文時，你可能必須選擇以「英式英文」（British English）或「美式英文」（American English）為準。若依前者為準時，「地下鐵路」可能都要把它翻成"underground"；若依後者為準時，它便是"subway"。

7.6 實際翻譯時，會有「要信或要達」的抉擇（如果兩者無法兼得）。做抉擇就是按目的或目標來定取捨。例如，魯迅認為：如果要譯給受教育的人看，譯文大可「寧信而不順」。因為他認為：翻譯的目的在於輸入新的內容與新的表現法，所以大家應該容忍新字眼與新語法所造成的不順。[66]

7.7 翻譯時，也會有「要信於音或信於義」的抉擇。例如，在一篇談論狗的文章裡，作者故意把"pet"音譯為「陪特」，不把它意譯為「寵物」，目的就是想藉由「信於音」而非「信於義」，來凸顯「狗為陪人特使」的事實。[67]音、義的

[66] 見〈魯迅和瞿秋白關於翻譯的通信〉，頁12-14。

[67] 見董崇選，〈英國人的狗〉，《退之集》（台中：1985），頁23。

抉擇之外，當然也有形、義的抉擇。故意將「把『老』看成『花』」譯成"read 'sexual' for 'senile'"而非"read 'flower' for 'old'"，那是因為"sexual"和"senile"樣子比較像，"flower"和"old"不太像。戴老花眼鏡而「花心猶在」的老人是會把「老」看成「花」，也會把"senile"看成"sexual"。

7.8 無論為信、為達、或為恰，無論要譯文信於原文的形、音、或意義，也無論要譯文順暢不拗口或通達有道理，在翻譯各個段落、語句時，都要隨時選擇「用字遣詞」（diction／wording）與隨時注意「句法文法」（syntax／grammar）。其實，翻譯跟說話或作文一樣，都是挑選字詞（words）然後組成話語（statements）的工夫。挑選字詞和組成話語時，「要不要兼顧含義（meaning）及用意（significance）」，那也是一種選擇與安排。例如，英文"popular"一字的含義是「很受歡迎」，可是如果你帶有「說明為何受歡迎」的用意，想用那個字來凸顯「狗是因為活潑、很皮、又快樂而大受歡迎」，你就可以故意把它音譯成「潑、皮、又樂」。[68]

7.9 翻譯時，要不要兼顧明指的含義（denotation）和蓄藏的含義（connotation），那也是一種選擇。例如，美國女詩人Emily Dickinson有一首詩的起頭四行是：

[68] 本書作者就說：「狗，在英國，似乎比小孩『潑、皮、又樂』（popular）。」見其〈英國人的狗〉，頁23。

There is no frigate like a book
To take us lands away,
Nor any coursers like a page
Of prancing poetry.

在這首詩裡，“frigate”可翻成「船艦」或「戰艦」，“coursers”可翻成「駿馬」或「戰馬」。如果你分別選擇用「戰艦」和「戰馬」來翻譯，該詩的蓄藏含義——人生是一場戰鬥，書、頁有如載我帶我的戰艦戰馬——便更能表達出來。

7.10 翻譯時，要不要讓「形能佐意，音能助義」，那當然也是一種選擇。例如，有一首中文詩叫〈刺客〉，全詩有八段，每段都是三長行加兩短行，用以提示「三長兩短」（在隱藏刺客的人生中，有些人的性命真的是「三長兩短」）。[69]那麼，在英譯那首詩時，是不是也應該保留那「三長兩短」的形，以便幫助暗示人生的無常？又如，在一首講英國查理王子（Prince Charles）和戴安娜女士（Lady Diana）訂婚的中文詩裡，把“happy”譯成「哈比」而不譯成「快樂」，是不是更能提示「庶民聞訊，自然是笑哈哈而會比一比」的含義？[70]

[69] 該詩為本書作者所寫，印在《落英集》（台北：書林，1984），頁66-67。

[70] 該詩叫〈王子訂婚〉，亦為本書作者所寫，印在《落英集》，頁40。在該詩最後

7.11 至於「要怎樣才能讓話語配合情境（situation）」，這在翻譯時，當然也是選擇與安排的問題。例如，在英譯Chekhov的短篇 *La Cigale*（“The Grasshopper”）時，裡頭有一句話說到：來參加婚禮的賓客很多，包括“a violoncellist, whose instrument wept, who frankly said that of all women he knew Olga Ivanovna alone could accompany”。在這句話的文境／上下文（context）裡，既然有“a violoncellist”（大提琴手）和“instrument”（樂器）等字眼表示話語的主題是音樂，那麼“accompany”一字就應該選擇譯成「伴奏」才對，而非「陪伴」（雖然此字兼有該兩義）。[71]又如，在踩到別人的腳時說“I'm sorry”，那可以翻成「對不起」。可是，去弔慰喪家時說“I'm sorry”，那就應該翻成「我很難過」才對。

7.12 有時，所謂「配合情境」也包括文類的考慮。例如，〈補破網〉是一條台語歌，歌詞一開頭是「看著網，目眶紅」。如果你選擇把它譯成長長的“When I look at the net, my eye-rims are red”，這樣還能像台語歌詞一樣（哀傷的）唱嗎？如果你選擇把它譯成同樣簡短的“Seeing the net, eyes are wet”，是不是也就能（哀傷的）唱了呢？[72]同樣的道理，如果你要英

一段，庶民說：哈比，哈比，大家都哈比！他們不是公雞追母雞，而是月女下凡結連理，我們因此雀躍來報喜。

71 此短篇為Robert Long所英譯。根據英譯而加以中譯時，趙景深把“accompany”錯譯為「做…朋友」。瞿秋白指出此錯誤，而說應譯為「合奏」。見〈魯迅和瞿秋白關於翻譯的通信〉，頁27。

72 整首〈補破網〉的英譯及討論，詳「懂更懂學習英文網站」之〈大家一起翻〉節目中的〔翻9〕。

譯一副中文的對聯，你當然也必須選擇把字詞譯成「有對照而相串聯」的樣子。

7.13 面對語言與文化的差異時，翻譯常常都要做「歸化」（domestication）或「異化」（foreignization）的抉擇。例如，要把中文「急得像熱鍋上的螞蟻」譯成英文時，你是要將它歸化而釋譯成“as restless as a cat on a hot tin roof”或要讓它異化而直譯成“as restless as an ant on a hot pan”呢？又如，要把英文“It is really surprising that you should have such an idea”譯成中文時，你是要將它歸化而（按中文順序）譯成「你會有如此的觀念，真令人驚訝」或是要讓它異化而（按英文順序）譯成「那真令人驚訝，你會有如此的觀念」呢？

7.14 其實，不管是運用什麼策略或方法，翻譯跟寫詩或作文一樣，隨時都要字斟句酌的。例如，當你選擇要音譯福洛伊德（Freud）的術語“id”時，你是要把它譯成「以德」、「依德」、或「抑德」呢？如果你考慮到那指的是「潛藏在人類精神裡的、帶有負面破壞力的一面」，或許你就會挑選「抑德」，而非別人選擇的「以德」或「依德」。

7.15 以上，我們並沒有說盡翻譯所面臨的各種選擇與安排。我們可以這樣說：所有的譯法，不管是音譯或意譯，不管是形譯或境譯，不管是直譯（literal translation）或釋譯（paraphrase），不管是否為死譯、硬譯、或胡譯，不管要過分翻譯或不足翻譯，反正當你採用某種譯法時，你就是做了一種選擇。接著，不管用什麼字詞語句來翻譯，那都是選擇譯法之後安排語文細節的結果。正常情形下，譯者當然會選擇「最能讓譯文信、達、恰的譯法」而安排「最能讓譯文信、達、恰的語文細節」。譯文能「信」則不違原文／原作的形、音、義、境。能「達」則不違目標語的遣詞用字、語法句法、和觀念道理。能「恰」則一切（包括文類與文化的考慮）都恰到好處，恰如其分。但問題是：翻譯時，你真能隨時做到恰巧的選擇與安排嗎？

7.16 翻譯時，能隨時做到最佳的選擇與安排，便是最有翻譯藝術的修養。或許我們可以把進行翻譯的人分成「翻譯者」（translator）和「翻譯家」（translatist）兩種。一般人隨時都可充當翻譯者，隨時都可不計好壞的去翻一個字詞、一個語句、一個篇章或甚至一個作品。但是，要有真正的翻譯才華，配上豐富的知識和翻譯經驗，要能經常展現絕佳的翻譯技巧，才稱得上是翻譯家。只有翻譯家才是「翻譯時能經常做最佳選擇與安排的藝術家」。這種人除了精通源頭語與目標語之外，也精通源頭語與目標語的文化，而且他還在學養之外兼具智仁勇，他能適時的選擇譯或不譯，也能隨時選擇最佳的譯法，而安排讓譯文／譯作達到他善良的目的，也達成他高遠的目標。

作業

1. 在西方的翻譯史上，費茨傑羅（E. FitzGerald）英譯波斯詩人奧瑪爾・海雅姆（Omar Khayyam）的《魯拜集》（*The Rubaiyat*），算是一件聞名的大事。那波斯著作的內容在回教世界中算是一種異數：它帶有“seize the day”（對酒當歌）的宿命論或虛無主義。請問：

   a. 費氏選擇把那回教文化的異數引入基督教的世界中，算不算勇者？

   b. 他選擇英譯那著作，是不是顯然喜歡而想發揚其中的哲理？

2. 在波斯文裡，「魯拜」（*rubai*）是指「兩行而每行分成兩部分」的詩節（stanza），在阿拉伯語文中就是一種四行的詩節。費茨傑羅選擇用英文的“quatrain”（四行詩節）來翻成*The Rubaiyat of Omar Khayyam*，但他自稱他的翻譯“very un-literal”（非常不直譯）而是屬於一種“transmogrification”（變異）。的確，那裡頭有許多非常鬆散的釋譯（paraphrase），有些詩節甚至於沒有根據原文而是譯者自己的創作。請問：

   a. 在形（shape）的方面，費氏是否算選擇依循原有的詩體？

b. 在義（sense）的方面，費氏是否算經常選擇「自由翻譯」？

c. 費氏那種 free translation是選擇要信或要達？

3. 費氏的翻譯很有影響力，許多人根據他的譯文再翻成別種文字的《魯拜集》。例如，郭沫若就根據他的第四版而譯出中文的《魯拜集》。不過，在2002年，台灣的張鴻年，卻透過木馬文化出版社，根據原來的兩種波斯文版本和一種俄文版本，用繁體的中文字，另外出版一本《魯拜集》。請問：

a. 張氏選擇根據波斯文和俄文版本，是否想忠於真正的原作者？

b. 張氏選擇用繁體的中文，是否主要針對台灣讀者而非中國大陸讀者？

4. 李商隱的〈錦瑟〉是一首多義難解的七言律詩，其詩句如下：

錦瑟無端五十絃，一絃一柱思華年。
莊生曉夢迷蝴蝶，望帝春心託杜鵑。
滄海月明珠有淚，藍田日暖玉生煙。
此情可待成追憶，只是當時已惘然。

假如選擇要英譯這首詩，請問：

a. 應不應選擇先研究清楚才進行翻譯？

b. 研究的時候，是否可以選擇參考別人有做過的翻譯？

c. 如果「瑟」是中國古代一種五十絃彈奏樂器，而英文並無跟它相等的樂器名，那麼選擇把「瑟」音譯成"se"或"ser"好嗎？如果覺得還是找個相近的樂器名來翻譯，應選擇"harp," "lute,"或"zither"呢？

d. 如果「一絃一柱」的「柱」是拱起絃（如橋）的木片或金屬片，就應選擇把它譯成"fret," "support," "peg," "stop,"或"bridge"？

e. 如果「滄海」和「藍田」都是地名，就應選擇把它們音譯成"Tsang-hai"和"Lan-tian"或意譯成"Grey Sea"和"Blue Field"比較有意思？

f. 詩要有詩的語言。這首詩在追憶愛情，更需要有浪漫的想像。如果「珠有淚」指（女的）眼珠／明眸含有淚水，就應選擇用（科學的）"the eye-balls had tears"或（詩意的）"the pearls had tears"來翻譯？如果「玉生煙」指「潔白如玉的肌膚／胴體生出（似煙的）水氣」，就應選擇用（科學的）"the white skin／body had sweat"或（詩意的）"the jade bore mists"來翻譯？

5. 本書作者把〈錦瑟〉譯成"The Gorgeous Zither"，而把全詩譯成如下：

The gorgeous zither, for no known reason, has fifty strings.
Each string, with each bridge, gives rise to thought of one's youthful years.
Master Chuang, in his dream at dawn, confused himself with a butterfly.
Emperor Wang, with his heart of spring, consigned himself to a cuckoo bird.
Over Grey Sea, the moon was bright, but the pearls had tears.
Upon Blue Field, the sun was warm, and the jade bore mists.
Affairs as such, one could expect, would become things for recollection.
Yet, at that time, I was lost and bewildered already.

除了翻譯詩句之外，譯者還對Master Chuang, Emperor Wang, Grey Sea, Blue Field等加注。[73]

[73] 整首〈錦瑟〉的英譯及討論，詳「懂更懂學習英文網站」之〈大家一起翻〉節目

請問：

a. 這英譯各句有沒有選擇保留原來中文詩句的句法（字詞前後次序）？

b. 這英譯有沒有選擇保留原來中文字詞間的對偶排比關係？

c. 這英譯有沒有保留住原來中文詩句的平仄與韻腳？如果想選擇保留，很有可能嗎？

d. 杜鵑（cuckoo）在西方有瘋狂（crazy）和戴綠帽（cuckold）的蓄藏含義（connotation），這字眼在此譯文中是必然的選擇，但它的蓄藏含義是破壞詩意或強化（望帝淫悔的）詩情？

e. 藍田產玉，男女交往會「藍田種玉」。在英文裡，"blue"常隱指「憂鬱」，而黃色電影是"blue film／movie"。選擇把「藍田」譯成"Blue Field"而非"Lan Tian"，會不會更有 sex and melancholy的聯想而契合詩情？

中的〔翻13〕。

f. 選擇把「日暖」譯成“the sun was warm”時，“sun”會剛好變雙關語而影射“son”（指某熱情男子）嗎？

g. 英文“jade”既指「玉」，也指「老馬／駑馬」以及「壞女人」。選擇把「玉生煙」譯成“the jade bore mists”會不會因而影射「那玉女也是淫女」（在做愛時冒汗生煙）？但不把「玉」譯成“jade”，又能怎麼翻？

6. 下面各題，前一句是原文，接著是譯文。請選出比較妥當的譯文：

a. 你喜歡吃豆芽炒豆腐嗎？（對不懂中國食物的洋人說的）
Do you like to eat（甲.bean sprouts stir-fried with bean curd 乙.bean sprouts with stir-fried tofu 丙.stir-fried douya and doufu）？

b. 你說這話，真令我啼笑皆非。
This word from you has really（甲.made me neither cry nor laugh 乙.put me between tears and laughter 丙.put me on the spot）.

c. 這部機器你不懂怎麼修，讓我來。（師傅當面對徒弟說的）
You do not know how to repair this machine.（甲.Let me come.

乙.Let me come to it. 丙.Let me do it.）

d. He is a man that often eats like a horse and drinks like a fish.

他這個人經常（甲.吃得像馬，喝得像魚　乙.經常大吃而牛飲）

e. Do you mean to gather and deflower the *virgin*？ I'm afraid she'd rather *wither* before you're *with her*.

你打算要採集而壞了那（甲.處女　乙.處女花）嗎？恐怕她寧可枯萎，也不要（丙.委身　丁.跟你）。

f. It is next to impossible that you will kill two birds with one stone.

甲、那是僅次於不可能，你將一石殺二鳥。

乙、你幾乎不可能會有一箭雙鵰這回事。

g. Such comedies include *A Midsummer Night's Dream* and *As You Like It*.

那樣的喜劇包括（甲.《仲夏夜之夢》和《如你所願》乙.《仲夏夜夢》和《如願》）。

[作業參考答案及提示]

1. a.算 b.是

2. a.是 b.是 c.要達

3. a.是 b.是

4. a.應 b.是 c.不好, zither d.bridge e.Grey Sea 和 Blue Field f.the pearls had tears, the jade bore mists

5. a.有 b.有 c.沒有，不太可能 d.強化詩情 e.會 f.會 g.會，很難用其他的字來取代

6. a.甲 b.乙 c.丙 d.乙 e.乙，丙 f.乙 g.甲（長短比較像原文）

第二部分

實踐

第八章　中、英文的語言差異

講解

8.1 翻譯必然牽涉到源頭語（source language）和目標語（target language）。理論上，如果還沒有精通源頭語和目標語，便很難從事那兩種語言的互譯。問題是：要精通任何一種語言都已經是不容易了，更何況是兩種呢。一般人通常只會精通自己的母語，而無法精通所學的外語。所以，拿母語和外語來互相翻譯時，往往就會產生不妥或甚至有差錯的譯文。我們要知道：精通語言是日積月累的結果，要做好兩種語言之間的翻譯也需要不斷的練習。除了練習之外，瞭解源頭語和目標語之間的語言差異，也能幫助做好翻譯。

8.2 目前，中文和英文是世界上最多人使用的語言。看趨勢，中文和英文之間的翻譯（包括口譯和筆譯，甚至看譯和聽寫翻譯），將會大量增加。可惜的是：中文和英文之間的語言差異是非常多而且非常大，要克服差異而精通那兩種語言是很困難的。在此，我們只能簡略的指出一些影響中、英互譯的重大語言差異而已。希望以下的解說能對學習翻譯那兩種語言有所幫助。

8.3 中、英文都是有文字系統的語言，兩者之間既可口譯也可筆譯。中文就是漢語／漢文，在台灣叫「國語」，在中國大陸叫「普通話」。目前，「國語」用繁體字在書寫印刷，「普通話」則用簡體字。英文是目前通用的「現代英語」（modern English），而非古英文（Old English）或中古英文（Middle English）。英文在世界各地使用的結果，產生了地域性的差異，於是有所謂「英式英語」（British English）和「美式英語」（American English）的差別，另外也有加拿大英語（Canadian English）、澳洲英語（Australian English）、馬來西亞英語（Malaysian English）、香港英語（Hong Kong English）和其他各地的英語。在做中、英文互譯時，必須要先弄清楚：譯文是應該選用（繁體字的）「國語」或（簡體字的）「普通話」？是要用「美式英語」、「英式英語」或哪一種英語？沒弄清楚時，是會因語言差異而造成錯誤的。例如，"my lover"譯成「我的情人」或「我的愛人」，對台灣的「國語」而言，兩者都對，也都是相同的意思。可是，用大陸的「普通話」來說，「我的愛人」是「我的妻子」，不是「我的情人」，所以在大陸把"my lover"譯成「我的愛人」是不妥的。又如，把汽車的「擋泥板／翼子板」譯成英文時，便須知道：用英式英文，它叫"mudguard／wing"，用美式英文，它就叫"fender"。[74]

[74] 英式英語和美式英語在發音、拼字、語法、與用字方面都有不同。用字的不同，

8.4 中文和英文之間，文字的最大差異是：前者不用字母（alphabetical letters）、只用部首（components／radicals）來造中國字（Chinese characters），後者則用字母、不用部首來造英文字（English words）。字母有相當程度代表聲音，部首則無此功能。中國字一字一個方塊，一字一個音節，有象形、指事、會意、形聲、轉注、假借等不同的構造方式，兩字或幾字就結合成詞。英文的"word"等於中文的「字」或「詞」，一個"word"可能有一音節或幾音節。英文字都是拼音字，都可做拼字發音（spelling pronunciation）。許多英文的字詞有「接元」（affix），接元分字首（prefix）、字尾（suffix）、和字中（infix）。那些接元略像帶有含義的中文部首，在構詞學（morphology）裡叫做詞位／詞素（morphemes）。[75]中國字比較有視覺效果，易於構圖，可以表現書法（calligraphy），也容易寫出字數（與音節數）固定的詩行或對聯。英文字較易從拼字上看出音韻的效果，包括頭韻（alliteration）、尾韻（rhyme）等。中、英互譯時，字形相差很大，字數很難相等，也很難在文字的構造中找到對等的譯法。例如，把「人本之体非真体」譯成

詳Norman Schur, *British English A to Z*一書。

75 趙元任把中文一些詞裡的字（如「可愛」、「可疑」的「可」，「現代化」、「數位化」的「化」，和「糊哩糊塗」的「哩」）也說成是prefix, suffix, 和 infix的例子。其實，這種詞裡的字並不像字裡的有含義的部首（如「打」、「擠」裡的「提手旁」），也不像英文"geology"裡的"ge-,""-o-,"和"-logy."見Yuen Ren Chao, *A Grammar of Spoken Chinese*, pp. 194-257.

"The body a person is based on is not a real body"時，除了增多字數與音節，還失去原文裡玩弄構詞的趣味（「人」和「本」合成「体」）。

8.5 中文的語音跟英文的語音也相當不同。中文有些音是英文沒有的（如「之」、「吃」、「施」、「日」、「雨」等的字音）；英文有些音也是中文沒有的（如ch, sh, th, j, r, v, z等常發出的子音和"mad"一字裡的母音）。中文一字一個音節，字音通常以母音或-n, -ng的聲音結尾。[76]英文一字可能一個或多個音節，許多字以母音或-n, -ng的聲音結尾，但也有許多字以其他子音結尾（如pub, pop, mud, sot, stiff, move, buzz, boss, wash, watch, judge, wool, bottom等字的尾音）。中文的同音字很多，英文的同音字比較起來算很少。在中、英互譯時，如果要音譯，往往找不到完全相等的字眼，因為字音有實際的差異。例如，"Robert"的發音實際上並不全等於「羅伯特」，而「豆腐」也並不全等於"tofu"。其實，因為字音差異與同音字的關係，在譯音時往往會有不同的抉擇。例如，"Obama"有「歐巴馬」或「奧巴馬」的不同譯法，當然也可以是「歐巴瑪」或「奧巴瑪」。

8.6 音韻是詩歌的基礎。中文的字音有陰平、陽平、上聲和去聲等四聲之區別（如「陰謀詭計」這四字就有那四聲），英文的字音則只有重音及輕音的區別。中文的詩歌以聲調的平

[76] 像「茲」、「次」、「絲」的字音算例外，許多像「之」、「吃」、「施」、「日」等的字音也可以算尾音帶有一個隱藏的、界於／i／和／u／之間的母音。

仄來定韻律／節奏，英文的詩歌則以聲音的輕重為基準。所以，互譯中、英詩作時，韻律／節奏實際上是無法比照譯出的。例如，“I like to see it lap the miles”是個「抑揚格四音步」（iambic tetrameter）詩行，但譯成「我愛看它舐吃哩程」時，這譯文仍然保有四組「輕音+重音」的韻律／節奏嗎？有的詩作除了韻律／節奏之外，還會有頭韻或尾韻。互譯中、英詩作時，如果原文有頭韻或尾韻，譯文要跟著有韻就已經很不容易。如果押韻想用同樣一個子音或母音，那真是難上加難。例如，“So smooth, so sweet, so silvery is thy voice,／As, could they hear, the Damned would make no noise”這兩行，[77]若譯成中文，能夠保留“s”音的頭韻和“oi”音的尾韻嗎？如果譯成「你的聲音那麼順、那麼甜、那麼清越，就算魔鬼聽到了，一點吵鬧也不會」，這樣就只剩下「越」和「會」勉強押了相近的（但非“oi”的）母音而已。

8.7 文字代表語音，語音代表語意，語意是話語的含義（meaning）和用意（significance）。理論上，人類頭腦或心靈要表達的語意應該不會有太大的差異（所謂「人同此心，心同此理」）。但實際上，東、西方的環境與思想是相當不同，說中文的人跟講英文的人跟著會有很不一樣的ideas。因此，代表那些不同「理念／觀念／想法」的字詞，往往找不到完全相等的、唯一對應的字眼來翻譯。例

[77] 取自Robert Herrick的“Upon Julia’s Voice”。

如，「天地有正氣」的「氣」如何譯成英文？是air, element, essence, soul, spirit, virtue等其中的哪一字？把整句譯成“Heaven and Earth have righteousness”時，並沒有譯出那個「氣」字。又如，“It is an act of grace”中的“grace”是什麼意思？是「優雅、溫文、仁慈、恩賜、厚道、美德」中的哪一個？遇到語意模糊或不解時，翻譯就只能根據上下文以及背景訊息，做明智的研判，然後挑出最接近的字眼來翻譯。

8.8 中、英文除了有字形、字音、字義的差距之外，在文法、句法方面也有很大的差異。英文是一種“inflectional language”（有字形變換的語言），中文則不是。英文的字詞（word），如果是名詞，就區分為「可數」（C, countable）或「不可數」（U, uncountable）；如果可數，就又區分為「單數形」（*s*, singular form）或「複數形」（*pl*, plural form）。有些名詞也因陰／陽性別（feminine／masculine gender）而有字形的變化（如“heir／heiress”）。代表人或動物的名詞會有「所有格」（possessive case）的字形（如boy’s, dog’ s）。代名詞有各種數、性、格的字形（如“us”是複數、受格，“her”是單數、受格或所有格）。動詞有現在式、過去式、過去分詞、與現在分詞的字形（如know, knew, known, knowing），配合各種時態（tense）、語態（voice）、和語氣（mood）。形容詞有原級、比較級、與最高級的字形（如pretty, prettier, prettiest）。許多副詞的字形是形容詞加-ly形成的（如slow, slowly）。另外，英文有許多字有動詞、名詞、與形容詞的「詞類變化」（如differ, difference, different）。

8.9 既然英文字有那麼多「字形變換」而中文沒有，由中文翻譯成英文時，便會有字形選擇的困擾，也會產生字形變換的錯誤。例如，「我有很多訊息」的英文是“I have a lot of information／messages”，不是“I have a lot of informations／message”，因為“information”不可數，“message”可數。又如，翻譯「你有綠卡嗎？」的時候，會有時態的困擾：它可能譯成“Do you have a green card？”（問現在有沒有），或“Did you have a green card？”（問過去有沒有）。另如，翻譯「如果你那麼說，你就錯了」時，就有時間和語氣的困擾：它可能譯成“If you had said so, you would have made a mistake”（表示「其實，過去你沒那麼說，過去也沒錯」），或“If you say so, you will make a mistake”（表示「現在／未來你有可能那麼說，也有可能錯」），或“If you should／were to say so, you would make a mistake”（表示「其實，現在／未來你不可能那麼說，也不可能錯」）。

8.10 英文是喜歡用「指定詞」（determiners）[78]來表明「有特定或沒特定」的語言，中文則不是。英文說“The dog is in the garden”而不說“Dog is in garden”，中文卻說「狗在花園

[78] 英文的“determiners”指冠詞（a, an, the）、指示形容詞（如this, that, these, those, such）、所有格的名詞／代名詞（如Mary’s, his）、以及some, many, much,（a）little,（a）few,（a）certain等常放在名詞前來表示「有無特定」的字詞。

裡」，不說「那狗在那花園裡」。英文說“Even a cat may look at a king”而不說“Even cat may look at king”，中文卻說「即使貓也可以看國王」，不說「即使（任何）一隻貓也可以看（任何）一個國王」。英文說“He raised his hand”而不說“He raised hand”，中文卻說「他舉手」，不必說「他舉他的手」。因為有這種說法的不同，所以由中文翻譯英文時，就有該不該用指定詞的困擾，也會有遺漏或用錯指定詞的情形。例如，「穿黑裙的女孩問男朋友說：『你吃晚餐了嗎？』」要譯成“The girl in a black skirt asked her boy friend, ‘Have you had your dinner？’”，不要譯成“A girl in the black skirt asked boy friend, ‘Have you had dinner？’”。

8.11 中文是喜歡在許多場合省略主詞或受詞的語言，英文則不是。例如，中文說「考完試就回家嗎？」，英文卻說“Are *you* going home after the exam？”。中文說「你能接受嗎？」，英文卻說“Can you accept *it*？”。有時，中文句子中省去的主詞是什麼，如無情景可查，是無法斷定的。例如，詩句「獨坐幽篁裡」，它的主詞是I, We, You, He, She, 或They呢？就因為這樣，英譯中文詩句時，往往會有填補主詞的困擾。例如，王維〈西施詠〉裡「君寵益驕態，君憐無是非」這句，說的是誰「無是非」呢？是君王、西施、或宮中呢？整句一定要譯成“When favored, she was all the prouder. When loved, she did not know right from wrong.”嗎？後一句不可能譯成“In giving his favors, the emperor did not know right from wrong"或"When loved, she found no sense of morality in the palace"嗎？

8.12 中文在許多場合也喜歡省略連接詞，但英文則不然，英文常常要有連接詞。例如，英文說"I ate a sandwich *and* a banana *and* drank some milk"而不說"I ate a sandwich, a banana, drank some milk"，中文卻可以說「我吃一個三明治、一條香蕉，喝一點牛奶」，而不一定要說「我吃一個三明治和一條香蕉，而／以及喝一點牛奶」。

8.13 英文的句子（sentence）或子句（clause）通常分成主語（subject）和述語（predicate）兩部分，主語由名詞或等同名詞的代名詞、名詞片語（包括不定詞片語和動名詞片語）、或名詞子句來擔任，述語由動詞以及（或有或無的）受詞或補語來擔任。中文的句子則有時像英文的句子一樣，只有一個 subject+predicate。例如：「他們+已經上學去」（"They+have gone to school"）。但往往中文的句子是一個說話的主題（topic）再加上一個針對那主題所說的話語，那話語有時很像評論（comment），有時很像回答（answer）。不管如何，那評論或回答的話語，當然有可能本身也是subject+predicate。例如：先講主題「那幾個小孩」，然後說「他們已經上學去」。這樣的中文句法似乎是有雙主詞：大主詞+小主詞。[79]不過，英文通常不會跟

[79] 關於中文句子的這種結構，有不少研究與說法。趙元任認為中文的subject+predicate是等於topic+comment或question+answer，而「整句」（the full

隨這種句法，所以英文通常不說"Those children, they have gone to school"。同樣的，中文說「上學，那些小孩沒興趣」，英文卻不能說"Going to school, those children are not interested"而必須說"Those children are not interested in going to school"。中文這種可能有雙主詞的句法，有時真會造成翻譯的困擾或錯誤。

8.14 中文裡，修飾名詞的字詞、片語、或子句，一律放在那名詞前；英文裡，修飾名詞的形容詞可能放在那名詞前，但修飾名詞的片語或子句卻通常放在那名詞後。所以，中文說「我買了那本他昨天推薦的、有關股票的好書」，英文卻說"I have bought the good book about stocks that he recommended yesterday"。由於這緣故，英翻中時，若要堅持中文的修飾模式，就會產生不順的中文。[80]例如，如果把"We may identify themes having a particular pattern which persists amid variation from age to age"譯成「我們可以認出有著特定的、在一代接一代變化中持續存在的模式的主題」，這就是生硬的、令人難解的中文。如果改譯成「特定的模式會在一代接一代的變化中持續存在，我們可以認出有這種特定模式的主題」，這才是通順的中文。反過來說，在中翻英時，若要保有中文的修飾模式，也會產生不順的英文。例如，把

sentence）變化很多，常常由「小句」（minor sentences）組成。見其 *A Grammar of Spoken Chinese*, pp. 67-135。

[80] 這種不順的中文就是所謂的「歐化文」，也可說是「英文式的中文」。

「我是台中市中小學英語教學推動委員會的一位諮詢委員」譯成"I am one of the Taichung City Middle and Elementary Schools English Teaching and Learning Promoting Committee Consultant Members"便是不順的英文，應該譯成"I am a consultant member of the Committee for Promoting English Teaching and Learning at the Middle and Elementary Schools of Taichung City"才好。

8.15 英文在句子中會用"it"來代替that-子句、wh-子句、（for N）to V片語、或（所有格）V-ing片語。例如：

a. It is not known *that he has got married*

b. It is not known *whether he has got married or not*.

c. It is important（*for him*）*to get a job*.

d. It is no use（*his*）*trying to cheat us*.

e. We think it good *that he has got married*

f. We think it good（*for you*）*to get a job*.

g. We believe it no good（*his*）*trying to cheat us*.

中文在句子中卻不會用這種虛字。在英翻中時，這"it"也不能譯成「它」。有時譯成「那／這」或許可行，但說話的方式也應更動。例如，"It is not known that he has got married"不能譯成「它不被知道，他已結婚」，而應譯成「沒人知道他已結婚」或「他已結婚，那／這不為人知」。同樣的，"It is important（*for him*）*to get a job*"也不能譯成「它很重要，（他）找到工作」，而應譯成「（他）

找到工作，那／這件事很重要」或「（他）找到工作，那／這很重要」。

8.16 英文的句子中，主詞和動詞要“agree”（相應／一致），例如：*I go* to bed early.／*She goes* to bed early. 中文則沒有這種“agreement”的情形。 其實，英文句子中形式上的主詞和同句中「暗指的主詞」也常常是相應／一致的。例如，“Crossing the street, I met my friend”這句中，“I”是“met my friend”的形式上的主詞，它也是“crossing the street”的暗指的主詞。在中文裡，往往不用有這種的相應／一致。因此，中翻英時，這「相應／一致」的差異便容易讓人犯錯。例如，中文說「過街時，我的帽子被風吹走了」，英文卻不能譯成“（When）crossing the street, *my hat* was blown away（by the wind）”[=When *my hat* was crossing the street, *my hat* was blown away（by the wind）]，而必須說“When *I* was crossing the street, *my hat* was blown away（by the wind）”或“（When）crossing the street, I had my hat blown away（by the wind）”。原因是：句中“crossing the street”所「暗示的主詞」是“I”，不是“my hat”。

8.17 中、英文在字詞語句形、音、義方面的差異以及在文法、句法方面的差異，實在多到無法講完。以上我們講到的這些，只是最明顯的一小部分而已。其他的大部分以及眾多無法講到的細節，只好請譯者在翻譯的經驗中不斷自行摸索、自行領悟了。經驗告訴我們：許多錯誤或不妥的翻譯往往是忽略或不知語言差異的結果，所謂「中文式的英文」或「英文式的中文」便是忽略或不知中、英文的語言差異而直接加以翻譯所造成。例如，把「台北的氣候和高雄不同」譯成“The climate of Taipei is different from Kaohsiung”便是「中文式的英文」。把“The climate of Taipei is different from that of Kaohsiung”譯成「台北的氣候和高雄的那個不同」便是「英文式的中文」。

作業

1. 下面各題，前一句是原文，接著是譯文。請選出比較妥當的翻譯：

   a. It is said that President *Bush* likes to eat *chocolate*.

   據說（甲.布希　乙.布什）總統喜歡吃巧克力。[譯給中國大陸的「普通話」使用者]

   據說（丙.布希　丁.布什）總統喜歡吃巧克力。[譯給台灣的「國語」使用者]

   據說（戊.布殊　己.布什）總統喜歡吃（庚.巧克力　辛.朱古力）。[譯給香港的中文使用者]

   b. 請立刻送他到聖湯瑪斯醫院的急診室。

   Please send him at once to the（甲.casualty department　乙.emergency room）at St. Thomas's Hospital.[譯給使用British English 者]

   c. 這部電梯是給殘障者使用的。

   This（甲.elevator　乙.lift）is for the use of the handicapped.[譯給使用American English者]

2. 下面各題，前一句是原文，接著是譯文，後頭是問題。請回答各問題。

a. 你這樣是魯魚亥豕，把字都寫錯了。

Thus, you have written the characters all wrong, mistaking *lu* for *yu* and *hai* for *shi.*

請問："*lu* for *yu* and *hai* for *shi*"是（像「魯魚亥豕」）字形的誤認嗎？

b. The moan of doves in immemorial elms,
And murmuring of innumerable bees.[81]

鴿子在古老榆樹裡的鳴叫，
和數不清的蜜蜂的嗡嗡聲。

請問：譯文仍然保有原文中眾多的／m／,／n／聲嗎？

c. 一隊螞蟻，一隻接一隻，不斷地前進、前進、又前進。

A team of ants, one leading another, incessantly moves forward, moves forward, and moves forward.

請問："moves forward, moves forward, and moves forward"會有「前進、前進、又前進」的節奏感嗎？如改為"moves on, and on, and on"或"moves forward, forward, and forward"，一

[81] 取自Alfred Tennyson, "Come down, O Maid"in *The Princess*的最後兩行。此兩行在以例子告訴the Maid：下凡到谷地後，姑娘會發覺"every sound is sweet"。

樣有不斷前進的節奏感嗎？

3. 下面各題，前一句是原文，接著是譯文。請選出比較妥當的翻譯：

a. 大學之道，在明明德。

The（甲.way 乙.*tao* 丙.lesson 丁.truth）of the Great Learning is to illustrate illustrious virtue.

b. Don't worry about her. It's just a phase. She'll be all right.

別擔心她，那只是一個（甲.面向 乙.層面 丙.時段 丁.成長過程），她會沒事的。

c. 那些農田專種那種捲雪茄用的菸草。

The farms specialize in the kind of（甲.tobacco of which cigar is 乙.tobaccos of which cigars are 丙.tobacco of which cigars are 丁.tobaccos of which cigar is）rolls .

d. 你必須記住：誠實才是上策。

You must bear in mind that（甲.honest is the best policy 乙.honesty is the best policy 丙.honest are the best policies 丁.honesties are the best policies）.

e. 對不起，讓你一直等了那麼久。

I am sorry to（甲.have kept you waiting 乙.keep you waiting 丙.let you have been waiting 丁.let you waiting）for so long.

f. 愛迪生發明留聲機、耐久的電燈泡、以及其他許多東西。

Edison（甲.invents phonograph 乙.invents the phonograph 丙.invented a phonograph 丁.invented the phonograph）, a long-lasting electric light bulb, and many other things.

g. 她在回家的路上丟了錢包。

She lost（甲.her purse on her way 乙.a purse on a way 丙.the purse on the way 丁.purse on way）home.

4. 下面各題，前一句是原文，接著是兩種譯文，哪一種比較妥當？

a. Memory is an art gallery in which you can collect beauty.

記憶是（甲.一道你能在裡頭收集美麗的藝廊 乙.一道藝廊，在裡頭你能收集美麗的東西）。

b. 父母愛子女，我們都認為當然。

（甲.Parents love their children, we all take for granted. 乙.We all take it for granted that parents love their children.）

c. 唸十八世紀的作品時，節制與中庸的觀念常常會出現。

In reading works of the 18th-century,（甲.the concepts of temperance and moderation often appear. 乙.we often find the concepts of temperance and moderation.）

5. 下面各題，前為原文，後為譯文。譯文的畫底線部分不妥，應如何更改？

a. 我希望我們兩國之間的友誼能進一步發展下去。[外交官的話]

I wish the friendly relations between our two nations could be further developed.

b. 我們的目的是要平衡都市與鄉村的發展。

Our aim is to balance the development of cities and villages.

c. 那攝影師花很多時間去觀察那風景。

The photographer spent a lot of time to observe the landscape.

d. 那些缺憾或許不會致命，但那還是會讓人們感到疑懼。

Those deficiencies may not be fatal, but it still creates misgivings among people.

e. 你有些信件，包括一封信和一個包裹。

You have some mails, including a letter and a package／parcel.

f. 在這裡家禽不好賣，所以很少。

Here poultry do not sell well. So it is scarce.

g. 桂林據說在遠古時代是一片浩瀚的海洋。

Gueilin is said to be a vast expanse of sea in remote antiquity.

h. 請在到達的十日內做完這些事情。

Please finish doing these things within ten days of arrival.

i. 他加入這個俱樂部，那是在1927年。

It was in 1927 that he joined in this club.

j. 我們建議你立刻更換密碼。

We suggest you to change the password immediately.

k. 賽夏族住在台灣的西北部。

The Saisiat（tribe）inhabit in the northwest of Taiwan.

l. 他們挖岩石和泥土而把它放在籃子裡。

They dug rocks and earth and put it in baskets.

m. 在每個角色之間都有誤會。

There are misunderstandings between each character.

n. 你可以結合或分開甲和乙。

You can combine or separate A and B.

[作業參考答案及提示]

1. a.乙，丙，戊，辛 b.甲 c.甲
2. a.不 b.不 c.會，是
3. a.丙（學生learn的是lesson,而the Great Learning給的道也是lesson）
   b.丁（phase是變化過程中的一個階段）
   c.丙（tobacco是不可數物質名詞，cigar是可數普通名詞）
   d.乙（honesty是不可數抽象名詞，名詞才可當主詞）
   e.甲
   f.丁（用the+器械名稱，指該種器械）
   g.甲
4. a.乙 b.乙 c.乙
5. a.改wish為hope，改could為can（表示有可能的希望）
   b.and改為with that of
   c.改to observe為（in）observing
   d.改為they still create
   e.改為mail（此為不可數名詞）
   f.改為they are（前面poultry為集合名詞當複數用）
   g.改為to have been（表過去曾是）
   h.改為your first ten days after arrival或the first ten days after your arrival

i.去掉in（英文說join一個組織／團體，但join in一個活動）

j.改為that you（should）change

k.去掉in（inhabit為*vt.*）

l.改為them

m.改為each two of the characters或one character and another

n.改為combine A with B or separate them或combine A with B or separate A from B

第九章　中、英文的文化差異

講解

9.1 文化（culture）是人類所有活動的表現。語言是文化很重要的一環。可是，並非全世界都有同樣的文化：每個人種或族群，每個國家或地區，都有它獨特的文化。因此，在台灣或在中國大陸，在英國或在美國，講中文的或講英文的，都孕育出獨特的文化，也都造成獨特的語言。精通中、英文的人一定會發現：實際上，中文與英文之間的許多語言差異，是由文化差異所引起的。中文顯然反映儒、釋、道的文化傳統，英文則反映西方神話與基督教文化的傳統。

9.2 在翻譯時，如果不知文化的差異，便會因為誤解而誤譯，或產生令人不解的譯文。例如，在中國文化裡，天、地、門、灶都可以是神，但抽象名詞（如「仁慈」、「殘忍」）卻不會被視為神或人。相對的，在西洋的文化裡，天、地、門、灶通常不是神，但抽象名詞卻可以視為神或人。因此，在莎劇《哈姆雷特》（*Hamlet*）裡，當王子說完「演戲就像拿起鏡子來照萬物」時，他接著說那就是“to show virtue her feature, scorn her own image,…”。在這裡，“virtue”（優美）和“scorn”（缺憾）都被「擬人化」（personified），被視為女性而用“her”來指稱。[82]翻譯這些話時，如果直接按照原文的文字而譯成「使優美顯示她的容貌，使缺憾顯露她自己的影像…」，中文讀者便可能誤以為另外有個被稱為「她」的女人，而她有優美與缺憾。如果譯成「使之顯示優美的容貌，顯露缺憾（本身）的影像…」或「使優美顯示其容貌，使缺憾顯露其自身影像…」，這就不會產生誤解。

9.3 到底中文和英文之間存在有多少文化差異而帶來語言差異呢？答案當然是：多到無法說盡。不過，在這裡我們還是要說出一些重大的、足以影響翻譯的差異。首先，我們要說：西洋傳統文化中的神仙妖魔鬼怪並不全像中國傳統文化中的神仙妖魔鬼怪，所以不能隨便加以等同。例如，希臘神話裡的地獄之王Hades，並不全等於中國文化裡的閻羅王。因此，若要講「信」，把“Hades”歸化而意譯成「冥王／閻王」，不如異化而音譯成「黑狄士」。又如，中國文化裡的「仙人」並不等於西方的“fairy”（想像中有人形、有法力的小仙子）。陶友白（Witter Bynner）把李白〈廬山謠寄盧侍御虛舟〉裡的「仙人」譯成“angels”，更是離譜：他把道家思想的產物變成基督教文化的產物了！但中國的「仙人」該怎麼譯呢？許多人把它譯成“immortal”（取其「得道不死」

82 這種「擬人化」（personified）的抽象名詞，好像人名一樣，通常會大寫其首字母，如Virtue, Scorn。

之意），但嚴格來說，西洋人聽到“the immortals”時，想到的是希臘羅馬神話中的“gods”（神／神祇），或那些名垂千古的偉人，絕對不是那些放浪形骸於天地之間、因得道而不死的仙人。那麼，把「仙人」音譯成*sian-ren*或*xian-ren*好嗎？恐怕其理解度還比不如“Taoist immortal”呢。

9.4 人名地名是文化的遺產。中、外都有許多特殊的人名地名，那些人名地名經過音譯或意譯之後，不見得讀者都會知道其所指。因此，在不妨礙上下文的含意時，有的譯者會選擇乾脆不予譯出。例如，陶友白就不譯出「夜泊秦淮近酒家」裡的「秦淮」。其實，人名地名通常還是要加以音譯或意譯，必要時加注說明就好。至於如何翻譯人名地名，下一章還會詳細討論。在這裡我們要針對文化差異而指出兩點：一、中文的人名「先姓後名」，英文的人名「先名後姓」，所以把“Bernard Shaw”譯成「蕭伯納」是對的，把“Allan Poe”譯成「愛倫坡」是不妥當的。二、中文的地名「由大說到小」，英文的地名「由小說到大」，所以「中國上海」要譯成“Shanghai, China”，而“125, Drury Lane, London”要譯成「倫敦，朱爾瑞巷，125號」。

9.5 中國的歷史年代常由皇帝即位的年號來指稱，西洋的年代則用「公元幾年」來指稱。翻譯中國歷史年代時，除非有必要，否則不必照翻那皇帝年號，而應改為西元才能更明白。例如，「道光十一年」最好譯成“1831”，而非“Dao Guang 11th Year”。中國傳統的曆法是陰曆而非陽曆，所以翻譯中文的月份時要特別小心，不要弄錯。把「八月蝴蝶黃」的「八月」譯成“August”，或把「豆蔻梢頭二月初」的「二月」譯成“February”，嚴格來說，都是不正確的。應該譯成“the eighth／second moon／month（of the lunar calendar）”才好。[83]中國的曆法中還有節氣、節日。英譯那些節氣、節日的名稱時，不加注是不易明白的。如「白露」、「寒食節」不能光譯成“White Dew”和“Cold Food Day／Festival”，而應至少分別補注類似這樣的英文：“in the Chinese calendar, the 15th of the 24 solar terms, 8th-22nd September, when white dew is expected”和“in China, the 105th day after winter solstice, near the Tomb-sweeping Day, on which day people refrain from cooking and eat only cold food”。

9.6 中、外使用的度量衡單位往往不同，翻譯那些度量衡單位的名稱時，有時也真是傷腦筋。你是可以把“feet, miles, meters, kilometers”翻成「呎／英尺，哩／英里，米／公尺，公里」，但你能把「依舊煙籠十里堤」的「十里」譯成“ten miles”或“ten kilometers”嗎？其實，今日一般的華里／市里等於500米，但古代的華里有多長卻很難說準，所以把它譯成“ten *li*”也不知要加注說它到底有多長。其他像「斤」、「斗」、「坪」…等等一大堆非公制的單位，真的也都只好音譯成 *jin*, *dou*, *ping*,… 等等，然後盡量加注說明數量的差

[83] 陰曆八月已是秋天，故「蝴蝶黃」；陽曆八月還是夏天。陰曆二月已是初春，故「豆蔻梢頭」；陽曆二月還是冬天。

異了。

9.7 中、外有極不同的食品、食材、食譜，要互譯中、外的菜單時，往往煞費苦心還不一定能達到要領。像英式料理中的“chicken tikka masala”是什麼呢？要譯成「雞提卡馬沙拉」嗎？或「馬沙拉雞塊」（既然tikka是chunks的意思）？或「香辛雞塊」（既然masala是a spice mix 的意思）？其實，那道菜是雞塊烤熟後，淋上黃黃的、乳酪狀、多種辛香食材調成的醬料。因此，或許譯成「辛香佐料烤雞」才接近其原意。那麼台灣的「麻油雞」怎麼翻成英文呢？光叫“sesame oil chicken”，洋人懂嗎？人家可能誤以為那是「芝麻撒在油炸的雞肉上」呢。或許叫它“chicken chunks boiled in water with sesame oil”（水加麻油煮雞塊），才比較明白，但這麼長的譯名好嗎？中、外是有極不同的飲食文化，因而產生許多很難翻譯其名稱的食品，例如：只能譯成「布丁」與「沙拉」的“pudding,” “salad”，以及譯成“pig’s blood cake”和“sticky rice ball”而讓洋人不太明白的「豬血糕」和「麻糬」。

9.8 中、外當然也有不同的衣著文化，而有些衣著的翻譯也會令人困擾。例如「馬褂」譯成“a buttoned mandarin jacket”就好嗎？「旗袍」要譯成“a chi-pao／qipao”或“a Chinese-style dress-cheongsam”呢？今日有許多洋人的服飾確實都有了大家普遍能接受的中文譯名，但有些中譯的服飾名並不見得高明，像“flip-flops”可以譯成「人字拖鞋」，為什麼“T-shirt”

不能譯成「T（形襯）衫」而要譯成「T恤」呢？從文化的差異來說，英文認為一個人穿的褲子是由兩條褲管所組成的，所以許多褲子的字眼像trousers, pants, shorts, pantaloons, bloomers, knickers, panties, drawers等，[84]都用複數形，而中文說「買／穿一條／件褲子」，英文卻說“buy／wear a pair（雙）of trousers”。

9.9 中、外的住宅建築和居家陳設目前漸趨相同，但許多傳統的建築、陳設依然存在，而有些名稱確實很難翻譯。像中文裡所謂「樓」，指的是兩層以上的館舍建築，但英文裡卻找不到完全對等的字：“mansion”是「大廈」，含義比較接近「樓」，但“mansion”也指「大宅院」或「公寓」。“house”泛指各種房屋，而“building”不一定兩層以上。“floor／storey／story”是「樓層」，不是「樓」。有人用過chamber, pavilion, terrace, pagoda, lodge, tower等字來譯紅樓、翠樓、黃鶴樓、鸛雀樓、岳陽樓等的「樓」，但那些都是不正確的用字。英文裡的“gable”指的是「尖頂屋兩個屋頂斜面在屋子兩端所形成的山形牆壁」，它常被簡譯為「三角牆」或「山形牆」，但這譯名容易讓人誤以為那是一種三角／山形的圍牆。霍桑（Hawthorne）的小說*The House of the Seven Gables*，有人譯為《七角屋》，那是把「有七個山形牆的一

---

84 美式英語的pants＝英式英語的trousers（長褲）。英式英語的pants＝美式英語的underpants（內褲）。英式英語的knickers＝美式英語的panties＝過去所說的drawers（女用內褲）。shorts是短褲，pantaloons／bloomers是男／女用燈籠褲／馬褲。

棟房子」變成「一棟七角形（heptagonal）的房屋」了。

9.10 中、英文的社會生活在食、衣、住之外，其他各層面也都有不少難以翻譯的名稱。像把「硯、砧杵、琵琶、簑笠」等英譯成“inkstone, washing mallet, Chinese lute, bamboo cape and hat”等，對不懂中國傳統事物的西洋人而言，若不見其物以及其用途，是不能確定其意涵的。同樣的，光把“snuff, saxophone, chessmen”等翻成「鼻煙、薩克斯風、（西洋）棋子」等，對不懂西洋事物的華人而言，若不見其物以及其用途，也不可能以其名而知其實的。

9.11 有些具體事物的名稱真的不容易翻譯，許多帶有特殊文化意涵的抽象名詞更是難以翻譯。例如，在中國文化裡，所謂「孝」指的是子女對父母的忠誠、尊敬、摯愛、負責、順從等等，所以它可能譯成“filial piety,” “filial devotion,” “filial respect,” “filial duty,” “filial obedience”等等，視場合而定。又如，中國人常講的「陰陽」，到底要譯成“the feminine and the masculine”或“the negative and the positive”或“the dark and the bright”或乾脆“*Yin* and *Yang*”呢？還有，西方哲學常提到的“subjectivity”是指當“subject”（主體）的性質，而「當主體」就是擁有觀點（perspectives）、經驗（experiences）、感受（feelings）、信仰（beliefs）、慾望（desires）、權力（power）等等。但是，當你將它譯成「主體性」或「主體／主觀」時，它就能跟著表示有這麼多意涵嗎？

9.12 中、西文化各自發展的結果，有些事物變成了特殊的意象或象徵，其含義不是字面翻譯就能表達的。例如，龍在中國人的心中是帝王般崇高的，可是dragon在西方人的心中是妖魔般邪惡的。在中國，杜鵑、鳳凰分別代表歸思與尊貴；在西洋，杜鵑則影射瘋狂或「戴綠帽／當烏龜」，鳳凰則象徵浴火重生。所以，當你把「杜鵑休向耳邊啼」和「香葉終經宿鸞鳳」分別譯成"Cuckoos, please stop crying to my／our ears"和"The aromatic leaves have, at last, had phoenixes to perch on"時，若不加注，能讓西方人瞭解那隱藏的含義（歸思與尊貴）嗎？同樣的，把"Cuckoo, cuckoo！O word of fear！Unpleasing to a married ear！" 譯成「布穀，布穀！恐怖的詞呀！對結婚的耳朵不悅啊！」，若不加注，能讓華人瞭解那隱藏的含義（戴綠帽／當烏龜）嗎？單單把"I will rise as a phoenix" 譯成「我會起來像鳳凰」，若不加注，能讓華人瞭解那隱藏的含義是「浴火重生」而非「高為貴人」嗎？

9.13 中、西文化各自發展的結果，也各自產生特殊的神話、典故。翻譯時，往往也要加注才能讓人明白。例如，把「嫦娥」音譯成"Ch'ang-o／Chang E／Chang-er"，若不加注，許多洋人一定不知為何「嫦娥應悔偷靈藥」。把「牛郎織女」意譯成"the cowherd and the weaver girl" 或"the cowherd and the girl weaver"，若不加注，許多洋人也一定不知「臥看牽牛織女星」的情意。同樣的，把"Achilles heel"直譯成「阿基里斯的腳跟」，若不加注說明它為何有「唯一弱點」的意思，許多華人一定不知為何有人會說"Her Achilles heel is her tallness"。而把"raise Cain"直譯為「養該隱」，若不加注說出聖經的典故，許多華人也一定不知"I'll be out raising Cain"（「我要外出養該隱」）就是說「我要外出行凶作惡」的意思。

9.14 中、英文的文化各自積聚了許多有固定含義的慣用語。有些慣用語，若加以直譯，往往不知所云。例如，英文"I have a frog in the throat" 若譯成「我喉裡有隻青蛙」，你知道那是「喉嚨不適，聲音嘶啞」的意思嗎？同樣的，中文「他初出茅廬」若譯成"He left the thatched house for the first time"，洋人知道那是「未經世事」的意思嗎？有些直譯就算可解其意，也會覺得不合習慣說法（not idiomatic）。例如，中文「對牛彈琴」若譯成"playing the lute to a cow"，那並非道地的英文；若譯成"casting pearls before swine"，那才合英文的說法。同樣的，英文"He kept her as the apple of his eye" 若譯成「他養她而把她當眼中瞳子」，這並非道地的中文；若譯成「他養她而把她當掌上明珠」，那才合中文的說法。

9.15 許多被文化固定的慣用語，確實不能直譯，而應意譯、省譯、或改譯，那樣才會通順。例如，中文「傾國」指「美女」時，就要意譯成"the beauty" 而非"the state／empire feller"；當「難於上青天」就是「難如登天」時，就要省譯成"as difficult as reaching *the sky*" 而非"as difficult as reaching *the blue sky*"；當「斷腸」就是「傷心」時，就要改譯成"heart-broken"而非"bowels-broken"。同樣的，當"real estate"

是指"property in the form of land and buildings" 時，就意譯成「不動產／房地產」，而非「真實財產」。當"the green-eyed monster"是指"jealousy"時，就改譯成「那嫉妒之魔」，而非「那綠眼的妖魔」。

9.16 中、英文各自有許多諺語，有些諺語確實有相同含義，因此可以用來互譯。例如，中文說的「寧為雞口／首，不為牛後」，那等於英文說的"Better be the head of a dog／an ass than the tail of a lion／a horse"（寧為狗／驢頭，不為獅／馬後）。但有些諺語只是表面相近，實際含義並不相同，千萬不可隨便用來互譯。例如，有人把「你是井底之蛙」譯成"You are a big frog in a small pond"[85] 或"You are a small frog in a big pond"，那就錯了：井底蛙是見識少的人（a person with limited outlook and experience）；小池大蛙是雄霸一方而缺挑戰的人，大池小蛙是大機構裡的小人物。

9.17 中文的歇後語（last-part-omitted expression）如果直譯，一般人也不會懂它的含義。例如，把「我是尼菩薩過江啊」譯成"I am a clay idol（of Buddha）that fords a river"，洋人會知道那是「自身難保」（I can hardly save myself）的意思嗎？中文的借貸語（expression borrowed for other meaning）更是不能直譯的。例如，把「呼兒烹鯉魚」譯成"asking my son to cook the carp"，那樣能等同"asking my son to open the

[85] 此錯誤的譯文出現在中啟社所編的《英文作文與翻譯》，頁324。

letter”嗎？英文也有許多成語（set expressions）是不宜直譯的。例如，把“Even Homer sometimes nods”直譯成「即使荷馬有時也點頭／打盹」，那樣怎能等同「智者千慮，必有一失」呢？把“Riches have wings”譯成「財富有翅膀」就等同「財富無常」嗎？

9.18 中文的人倫稱謂很細很繁，英文的人倫稱謂則相形簡單粗略。英文的“uncle”等於中文的「伯、叔、舅」，“aunt”等於「姑、嬸、姨、舅媽」，“cousin”等於「堂兄、堂弟、堂姊、堂妹、表兄、表弟、表姊、表妹」，“brother”是「兄」也是「弟」，“sister”是「姊」也是「妹」。所以，看到“My brother married John’s cousin” 時，如果不仔細追究，真不知要翻成「我哥哥」或「我弟弟」娶了約翰的「堂姊」或「堂妹」或「表姊」或「表妹」。

9.19 中、英文因為文化懸殊而造成的語言差異，實在多到無法盡述。以上說到的確實只是一些重點而已。在此，我們要補充說：許多文化和語言的差異確實可以加注說明清楚，可是那僅限於筆譯。口譯是沒有時間與空間來進行「加注說明」的，口譯通常只能在翻譯的當下，直接講出含義或以「增譯」說明。例如，譯到“He is troubled by the green-eyed monster”時，就譯成「他受到嫉妒的困擾」或「他受到那綠眼妖魔，也就是嫉妒，的困擾」。這樣的口譯，聽的人才能在當下瞭解意思。同樣的道理，筆譯劇本的對話時，往往也不宜直譯然後加注，而最好以「增譯」或「改譯」立即說明，因為戲劇的對話是要給觀眾聽的，不是給讀者看的。例如，把“He has worn Vulcan’s badge”這台詞直譯成「他戴了烏爾堪的標幟」，一般觀眾是聽不懂其含義的，要譯成「他像烏爾堪一樣，當過烏龜，戴過綠帽」，這樣才能讓觀眾明白。[86]

[86] 梁實秋就把*Titus Andronicus*, II, I, 裡的“Better than he have worn Vulcan’s badge”譯成「比他更高貴的人也曾戴過烏爾堪的標幟」，然後加注說：「烏爾堪之妻（Venus）與人通，故Vulcan’s badge就是cuckold’s horn（烏龜所戴的綠帽）」。

作業

1. 下面各題針對畫底線部分，有的譯文妥當，有的不妥，請認定妥或不妥。

   a. Fortune has never smiled at me. She prefers someone else.
   命運從不眷顧我。她較喜愛另外某人。（妥／不妥）

   b. 你必須感謝慈悲能及時到來。
   You must thank Mercy for her coming in time.（妥／不妥）

   c. Poseidon sired the winged horse Pegasus.
   海龍王是帶翼飛馬的父親。（妥／不妥）

   d. 眾多台灣人供奉天上聖母。
   Many Taiwanese worship the Holy Mother in Heavon.（妥／不妥）

   e. Jane Eyre became a governess.
   簡愛成為女家庭老師。（妥／不妥）

   f. 他來自廣東汕頭。

He came from Canton Shantou.（妥／不妥）

g. 淝水之戰發生於東晉太元八年。

The Feishui War occurred in 383.（妥／不妥）

h. 中秋節是農曆八月十五日。

The Mid-autumn Festival is on the 15th day of the 8th moon according to the traditional Chinese calendar.（妥／不妥）

2. 下面各題的譯文，請選出比較妥當者。

a. 這人參每一錢值台幣三百元。

This ginseng is worth NT$ 300 per（甲.*chien*／*qian*[about 3.78 grams]　乙.mace [about 3.74 grams]）.

b. The current price of gold is US$ 1,200 per ounce.

目前金價是每（甲.盎司[約28克]　乙.英兩[約31克]）1,200美元。

c. 他有「振衣千仞崗」的志氣。（口譯）

He has the will to"shake dust off his garb"（甲.on a hill a thousand *ren* high[a *ren* is about 2.7 meters]　乙.on a high hill）.

d. Full fathom five thy father lies.

整整（甲.五噚深 乙.三十呎深）汝父躺著。

e. 我買一間公寓，樓板面積為30坪。

I bought a flat／an apartment, the floorage of which is（甲.30 *ping* [i.e., about 100 square meters] 乙.30 *ping* [i.e., about 100 square feet]）.

f. 早餐我喝豆漿吃燒餅油條。

For breakfast I drink bean juice and eat baked wheat cake and（甲.twisted crullers 乙.dough fritters 丙.deep-fried bread sticks）.

g. Do you serve toast and butter？ I'd like it.

你們供應（甲.奶油吐司 乙.吐司和奶油）嗎？那我會喜歡。

h. 我們看到他穿一件波羅衫和一條藍色牛仔褲。

We saw him wearing a polo shirt and（甲.a blue jean 乙.a pair of blue jeans）.

3. 下面各題的畫底線部分，請確定哪個譯文比較妥當。

a. At noon, the deer will retire to a <u>bower</u> in the forest, trying to hide and cool themselves there.

中午時，那些鹿會退到森林中的一個（甲.涼亭　乙.樹蔭深處），想躲在那裡乘涼。

b. 他會吹笙，也會拉二胡。

He can blow *Sheng*, a bamboo-made wind instrument, and play *erhu*, a（甲.two-stringed　乙.two-bowed）instrument.

c. She never missed attending morning service.

她從沒錯過參與（甲.晨間服務　乙.晨間禮拜）。

d. 孝順不包括按父母之意去做壞事。

Filial（甲.obedience　乙. devotion）does not include doing evil at a parent's will.

e. 我們都羨慕他們這對鴛鴦。（翻給洋人看，強調鶼鰈情深）

We all envy them as a couple of（甲.turtledoves　乙.mandarin ducks）.

f. I feel I am doomed to be a Cassandra. So I will speak no more.（翻給不懂典故的華人看）

我覺得我註定要成為（甲.卡山卓阿　乙.說話沒人聽的卡山卓阿），所以我不再多說了。

g. 你必須三顧茅廬才能得到他的幫助。（翻給不懂典故的洋人聽）

To have his help you must（甲.go and visit him time and again in person 乙.go and visit his thatched house three times）.

h. 鄉音無改鬢毛催。（翻給不懂典故的洋人看）

I still keep my native accent but（甲.my hair 乙.the hair at my temples）has turned grey.

4. 下面各題均為諺語翻譯，請認定譯文的含義是否等同原文。

a. 紙是包不住火的。

The sun will bring to light what lay under the snow.（是／否）

b. Two dogs strive for a bone and a third runs away with it.

鷸蚌相爭，漁翁得利。（是／否）

c. 江山易改，本性難移。

The pot calls the kettle black.（是／否）

d. Give him an inch and he'll take an ell.

天助自助者。（是／否）

e. 一朝被蛇咬，十年怕草／井繩。

A burnt child dreads the fire.（是／否）

f. A crooked stick will have a crooked shadow.

上梁不正下梁歪。（是／否）

5. 下面各題均為固定成語的翻譯，請填入譯文所留的關鍵字。

a. 他有錦囊妙計／他胸有成竹。

He has a plan up his s____.

b. 我不要當不速之客。

I don't want to be a gate-c____.

c. I know it's a phony／phoney label.

我知道那是冒牌____。

d. I have to take a leak.

我得去解個____。

e. 那八字還沒一撇呢。

It's still on p____.

f. 你過獎了。

You're just being p____.

g. 我是心有餘而力不足。

My situation is： the spirit is willing but the flesh is w____.

h. I appreciate your thought just the same.

我心____了。

[作業參考答案及提示]

1. a.不妥　b.妥　c.不妥　d.不妥（台灣人供奉的天上聖母是媽祖，洋人的Holy Mother in Heaven 是聖母瑪利雅）e.不妥（應為「愛爾珍」）f.不妥（應為Shantou, Canton）g.妥　h.妥
2. a.甲（chien／qian／mace若為常衡單位，是約3.78公克；若為金衡單位，則約3.74公克）

   b.乙（盎司／英兩／唡若為常衡單位，是1／16磅[約28克]；若為金衡單位，則1／12磅[約31克]）

   c.乙（口譯時無法加註）

   d.甲　e.甲　f.丙　g.甲　h.乙
3. a.乙　b.甲　c.乙　d.甲　e.甲　f.乙　g.甲　h.甲
4. a.是　b.是　c.否　d.否　e.是　f.是
5. a.sleeve　b.crasher　c.貨　d.手　e.paper　f.polite　g.weak　h.領

第十章　中、英文的字詞翻譯

講解

10.1　字詞（words）是翻譯的最小單位。兩種語言間的翻譯，是先由字詞的翻譯來奠定語句翻譯的基礎。有時，譯者被委託的工作，也真的可能只是要翻譯一個字或詞。像翻譯商標、品牌或公司行號的名稱、招牌等，便往往只在關鍵的一個字詞，如Microsoft／微軟、Bridgestone／普利司通、長榮／Eva、震旦／Aurora等。既然只翻一個字詞而且關係到產品的行銷，翻譯時當然更要費盡思量，以求能信、能達、能恰。例如，把原子筆的商標／品牌"Liberty"譯成「利百代」，便極具巧思：在音譯中明示「此筆可利百代之耕耘」。當然囉，品牌或行號的翻譯，並非容易，思量分歧就會造成抉擇的困難。例如，一家店鋪以賣「有意落花生」為招牌。那招牌如何譯成英文呢？你要譯成"U E Peanuts," "You-Eat Peanuts," "With-Love Peanuts"或其他版本呢？[87]

[87] 有關「有意落花生」的英譯及討論，詳「懂更懂學習英文網站」之〈大家一起翻〉節目中的〔翻18〕。

10.2 各行各業都有專門術語（technical terms）或行話（jargon），代表那種話語的字詞往往被編在一起而加以釋義（paraphrase）或翻譯（translate）。所謂字典／詞典（dictionary），視其大小，有的只收編一般字詞，有的則既收編一般字詞也收編術語、行話。我們看到的「以中文解釋中文」的中文字典或「以英文解釋英文」的英文字典，都是「釋義的字典」，而「英漢字典」或「漢英字典」則是（把字詞加以）「翻譯的字典」。從事翻譯的人，往往要參考「翻譯的字典」，才好決定某字詞的譯法。有時，光看「翻譯的字典」還不夠，還要參考「釋義的字典」才能確定某字詞的含義與譯法。例如，要把“This room is a poor apology for a guest house”翻成中文時，你覺得這裡的“apology”不應是「道歉」的意思。當查英漢字典時，你發覺它有「品質差的代用物」的意思，但這句話卻不好譯成「這房間是不好的、取代賓館的東西」。當再查英英字典時，你便知道這個“apology”除了等於“an inferior substitute”（品質差的代用物）之外，也等於“a makeshift”（暫代物／權充物）。於是，你便知道可以把整句譯成：「這房間不夠好，姑且當做賓館罷了。」

10.3 從事中、英翻譯的人，確實不能不備有各種中文字典、英文字典、英漢字典、和漢英字典。如果從事某專門行業的翻譯，就還要有（純中文、純英文、與中、英對照的）術語字典或「術語彙編」。但字詞像人一樣，天天在死，也天天在生，新生的字詞往往在舊字典中找不到。所以，有時你便需要「新語字典」（dictionary of neologisms）。幸運的是，在這電子的時代，許多「線上字典」（on-line dictionaries）都隨時會更新，而許多字詞也可用Google, Yahoo這種search engine來搜尋其含義以及其（中文或英文）翻譯。例如，在小的、舊的、一般的字典中，你可能查不到“bus”當電腦術語的釋義或翻譯。你要在大的、新的、或術語的字典中，或經由線上搜尋，才會看到“bus”可以譯成「匯流排／條」，而它是指“a set of wires that send information from one part of a computer system to another”。

10.4 翻譯者確實必須參考許多工具書（包括dictionaries, thesauruses, encyclopedias等）。但中、英翻譯絕不是查漢英或英漢字典然後隨便抄一下字典中的字詞翻譯或釋義就好。首先，我們要知道：字典本身偶爾也會出差錯，你把錯誤的字詞翻譯拿來用，當然也是錯誤。例如，許多英漢字典中，都錯把“eat one's words”譯／釋為「食言；背信」。其實，那是「收回先前所說話語」（retract something said earlier），也就是「承認說錯話」的意思。假設有個父親原先說「我絕不把女兒嫁給你」，但如今他後悔了而說“Yes, now I'll eat my words and marry my daughter to you”。你可以把他後悔的話譯成「是的，我現在要食言／背信，而把女兒嫁給你」嗎？當然不可以。你要譯成「是的，我現在要<u>把話收回</u>／<u>承認說錯了話</u>，而把女兒嫁給你」。

10.5 在字典中，一個字詞往往不是只有列出一個含義。翻譯時，選對字詞的含義，當然是很重要的。字詞的真正含義是哪一個，往往要由它的上下文來判定。例如，在“He plays a mean game of chess”這句話中，“mean”是「卑下」、「小氣」、「平庸」或「刻薄」嗎？仔細查字典然後看看上下文，你會發覺它其實是「很棒」（excellent）或「很有技巧」（skillful）的意思。不仔細看字詞的上下文或使用的時機，有時會鬧出笑話。例如，在談到sex（性愛）時，把“I prefer the missionary position”譯成「我比較喜歡傳教士的職位」，那就是笑話。它應該譯成「我比較喜歡男上女下（面對面）的（性交）姿勢」才對。

10.6 不管有沒有參考字典的翻譯或釋義，翻譯字詞時，有些原則是必須／可以遵循的，有些事項也要特別注意。首先，翻譯有「尊重既成譯法」的原則。所謂「既成譯法」就是大家已經普遍接受而習慣使用的譯法。例如，既然大家都把“Plato”譯成「柏拉圖」而把「孔子／孔夫子」譯成“Confucius”，你就要尊重那譯法，不要無故／隨意將它改譯成，比方說，「普雷妥」與“Kongfutz”。如果某字詞還沒有既成的譯法，那麼譯者當然就可以自行斟酌而自己決定譯法。例如，你可以把小說中的“Micawber”譯成「麋口伯」或「米闊柏」，也可以把「阿花」譯成“Ah-hua” 或“Flora”。

10.7 在「尊重既成譯法」的原則之下，有所謂「依主不依客」的原則。有些名詞，當初已經由掌權者／主事者給予特定的譯名，後來的譯者就像客人，便要「客隨主便」而加以尊重。例如，當初"Bank of Bangkok"已譯成「盤谷銀行」，你就不要把它改譯成「曼谷銀行」。[88]不過，翻譯是活的，為了特殊目的或特殊效果，既成的譯法有時也是可以改變的。例如，通常"idea"譯成「觀念／想法」，但你卻可以把"We must pour into them the <u>idea</u> of environmental protection"譯成「我們必須給他們灌輸環境保護的<u>愛地餌</u>」。

10.8 譯法流通廣了、流行久了就會固定下來成為「既成譯法」。所以，做字詞翻譯時，就必須謹慎，免得將不妥當的翻譯流傳下去。例如，影星歌星球星的"fans"，原先都意譯成「影迷、歌迷、球迷」，但目前卻流行把它音譯成「粉絲」。仔細想，"fans"確實是「迷戀者」的意思，但它跟粉、跟絲都沒有半點關係，況且"fans"是複數：照道理，"I am a movie fan"應音譯成「我是電影粉」而非「我是電影粉絲」（如果不想意譯成「我是電影迷」的話）。

10.9 有些字詞雖然有既成的譯法，但那既成的譯法可能不妥或甚至於錯誤，這時那既成的譯法便不值得尊重，而這時譯者可能要自己新創譯法或接受他人較新較好的譯法，

[88] 有關「依主不依客」的原則及例子，詳見黃文範《翻譯新語》，頁38-40, 47-5。

於是有所謂「依新不依舊」和「依好不依壞」的原則。例如，“cement”曾經被譯成「士敏土／洋灰」，現在則通常譯成「水泥」。[89]又如，「冬瓜」曾經被譯成“Chinese watermelon”，現在則通常譯成“white gourd”。而「冬瓜茶」是不含茶的甜飲，所以不可誤譯成“white gourd tea”，倒可以譯成“（sweetened）white gourd drink”。

10.10 字詞有時要音譯，有時要意譯。我們的一般原則是：專有名詞要依音不依義，其他名詞則依義不依音。例如，Mr. Brown：布朗先生（非「棕色先生」）。春蘭夫人：Lady Chun-lan（非“Lady Spring Orchid”）。toilet：化妝室（非「脫衣累特」）。電話：telephone（非“din-far”）。不過，必要時這個原則也可以打破。你可以把“He is an Edison”譯成「他是個大發明家」，也可以把“yoghurt”譯成「優格」（而非「優酪乳」或「一種牛奶發酵所製的半固體食物」）。

10.11 雖然有「依音不依義」與「依義不依音」的原則，但在實際的翻譯中，往往會遇到「依音或依義都有既成譯法」的情形。例如，“meter”有音譯為「米」與意譯為「公尺」兩種譯法。“tank”可以是「坦克」或「戰車」。[90]「豆腐」有音譯為“tofu／doufu”與意譯為“bean curd”兩種譯法。「太

[89] 黃文範先生僅提「依新不依舊」，沒提「依好不依壞」。有關「依新不依舊」的原則及例子，詳見其《翻譯新語》，頁43-44。

[90] 有關「依義不依音」的原則及例子，詳見黃文範《翻譯新語》，頁40-42, 121-128。

極拳」可以是“t'aichichuan／taijiquan”或“shadowboxing”。遇到這種兩者皆可的情形，譯者就要視情況而選用比較妥當的譯法。例如，為了與「戰艦」配合，就選用「戰車」而非「坦克」。為了讓洋人更容易聽懂，就選用“bean curd”而非“tofu／doufu”。

10.12 音譯字詞時，當然要盡量接近原音。思果說：把“Lucy”譯成「露茜」而非「露栖」，是誤人不淺（63）。我說：把“Cleopatra”按歸化策略音譯成「古妻巴」，[91]實在離原音太遠，倒不如按異化策略把它音譯成「克利歐佩妥拉」。音譯專有名詞時，應該避免帶來不妥的聯想。既然T. S. Eliot是功在立言，而非立德，何必硬把他的姓譯成「歐立德」（而非「艾略特」）呢？把“Oedipus complex”譯成「兒的婆斯情結」，[92]會不會讓人誤以為「戀母情節」是「兒的婆」所造成的情節？不過，能利用譯法來提示事實，那當然也很好。把“Athena”譯成「雅典娜」（而非「阿西納」），既可告知她是雅典（Athens）的守護神，也可告知她是女神（「娜」比「納」更像女性名字）。

10.13 有些字詞，不宜音譯或意譯，只宜境譯。例如，「加油！加油！」不宜譯成“Add more oil！ Add more oil！”或“Gia-yo！ Gia-yo！”，而應譯成“Go！ Go！”才對。同樣的，賽跑時，發號施令的人喊“On your mark！ Get set！ Go！”

---

[91] 據瞭解，「古妻巴」是顏元叔教授的譯法，下面提到的「歐立德」也是他的譯法。

[92] 據瞭解，梁實秋把“Oedipus complex”譯成「兒的婆斯錯綜」。

這些特殊情境的話語也只能境譯成「各就各位！預備！起！」才對。有些字詞，若被刻意排成某種形狀，就不能只有音譯、意譯、與境譯，而要跟著用到形譯。例如，英文原文用字排成鼠尾的樣子，中文譯文便也要用字排成鼠尾的樣子。

10.14 人類喜愛化繁為簡，翻譯時確實也有「依簡不依繁」的原則，所以會把“The United States of America”由「美利堅合眾國／美洲聯邦（共和國）」縮譯為「美國」，把“California”和“Philadelphia”縮譯為「加州」和「費城」，把「做瓷器的礦物（如瓷土或白墩子）」縮譯為“china stone”，而把吃元宵／湯圓、提燈籠、猜燈謎、放煙火或天燈的「元宵節」縮譯為“Lantern Festival”。[93]「依簡不依繁」往往附帶有釐清的功能。例如，把美國第二十六任總統“President Theodore Roosevelt”簡譯成「老羅斯福總統」，便容易分辨他跟二戰期間的第三十二任總統「小羅斯福總統」（President Franklin Delano Roosevelt）。又如，把「孫悟空」簡譯成“Monkey／Monkey King”也容易跟「豬八戒」（Pigsy／Pig Monk）與「沙僧」（Sandy／Sha Monk）分別。

10.15 翻譯字詞的總原則當然是信、達、恰。所有字詞（尤其科技術語）的翻譯當然首重精確，但為了通達、恰切，有時

[93] 有關「依簡不依繁」的原則及例子，詳見黃文範《翻譯新語》，頁42-43, 205-209。

便要變化翻譯的技巧。有時要把抽象名詞具體化，例如把電腦的"control," "display"譯成「控制器」、「顯示器」而非「控制」、「顯示」。有時要補充字詞，例如把買一台"transistor"譯成買一台「電晶體收音機」（=transistor radio）而非「電晶體」。有時則要詞序倒換，例如把東西的"smudge resistance"譯成「抗污性」而非「污斑抗拒」。[94]翻譯一個詞時，字的先後順序確實不一定要對等，一切要以通順達意為要。例如，英文說"southeast," "back and forth," "hairdo"，中文卻說「東南」、「來回／往返」、「做頭髮」。中文說「女嬰」、「左右」、「三三兩兩地」，英文卻說"baby girl," "right and left," "in twos and threes"。

10.16 英文的字詞分屬八大詞類（eight parts of speech），字典裡每個字詞都會明示它是名詞、代名詞、動詞、形容詞、副詞、介系詞、連接詞、或感嘆詞。有的英文字會依不同詞類而變化其拼字與讀音，有時同一個英文字可兼當兩個或甚至於三、四個詞類。中文的字詞不會變換字形，但也有各種不同詞類的功能，有些字也讀音不同就含義跟著不同。翻譯時，詞類可能對等，但有時也不必對等，一切也以通順達意為要。詞類對等的例子如：來年／the coming year，起得早／rise early，為了好玩／for fun，裡與外／in

[94] 這些技巧與例子，參考到吳仲賢〈科技術語譯名初探〉一文，頁1015-1016。

and out。不對等的例子如：food shortage／缺乏食物，nice and warm／挺溫暖的，work hard／（很）用功，（be）with it／很機警。

10.17 有些英文字，讀音不同時，含義就跟著不同。有些中文字，也是一樣。因此，口譯那些字的時候，要聽對聲音，也要譯對聲音。例如，把「他給我一條鱸魚」譯成"He gave me a bass"是對的，但如果把"bass"讀像"base"，整句就變成「他給我一個低音」的意思。同樣的，把"She needs this costume"譯成「她需要這行頭」也是對的，但如果把「行頭」讀像「杭頭」，整句就變成"She needs this team-leader／shop-keeper"的意思。

10.18 中、英文都一樣，有些字詞屬正式的、文雅的用語，有些字詞則屬非正式的、俚俗的用語。翻譯時，應該以「文對文，俗對俗」為原則。例如，把"He's gone"（=He has died）譯成「他走了」才一樣俚俗，若譯成「他已逝世／仙世」（=He has passed away）則變文雅了。把「滅火之道」譯成"the way to *extinguish* fire"才一樣正式，若譯成"the way to *put out* fire"（=把火滅掉的方法）則變成非正式的口語了。

10.19 字詞不僅有雅俗之分，也還有前面說過的「專業術語」與「非專業術語」之別。翻譯專業文件時，當然就要用對等的專業術語。例如，把中文法律文件中的「死者」譯成英文時，便應該是"the deceased／decedent"，而非"the dead person"。把英文法律文件中的"conversion"譯成中文時，它可能是「強佔／占用」，而非「改變信仰」。在商業術語中，「頭期款」要譯成"down payment"，而"earnest money"要譯成「定金」。在醫學術語中，器官的「損傷」叫"lesion"，不叫"wound"，身體或精神的"disorder"是「失調」，不是「紊亂」。

10.20 我們也說過，在用字用詞方面，英式英語和美式英語有許多不同。翻譯「（貼身的）背心」時，英式英語是"vest"，美式英語則是"undershirt"。同樣的，台灣的「國語」和中國大陸的「普通話」，在用字用詞方面也有所不同。翻譯"Guinness World Records"時，台灣叫「金氏世界紀錄」，大陸叫「吉尼斯世界紀錄」（香港叫「健力士世界紀錄」）。台灣的「計程車」和大陸的「出租車」（以及香港的「的士」）同樣是"taxi"。所以說，口、筆譯時要留意：針對不同地方的聽眾或讀者，那些有差異的字詞一定要用對才行。

10.21 以上我們針對字詞的翻譯，說了不少原則以及應注意的事項。不過，實際翻譯時，原則僅供參考，注意的事項也只能注意。翻譯畢竟是一種藝術，藝術的功夫是不能一成不變的。翻譯中、英文的字詞時，我們確實要記住「詞無定譯」。[95]為了信，為了達，更為了恰，是不能死死板板的

[95] 黃邦傑把「詞無定譯」」視為譯詞的一個原則，認為應講究「詞的搭配」。例如，動詞"fire"可作「發射」解，但"fire questions at him"不好譯成「對他發射問

把漢英或英漢字典所提供的字詞翻譯，生硬的套在任何譯文裡。把“the general and his men”譯成「將軍和他的人」，是把“men”的含義（「部下／士兵」而非「人」）弄錯了。把“He is a man about town”譯成「他是個有關城鎮的人」，則是既弄錯“about”的含義，也不知翻譯要靈活。其實，你可以把它譯成「他成天在城裡逍遙享樂」或乾脆譯成「他是花花公子／紈褲子弟」。

題」，但可譯成「像連珠炮似地向他追問」。詳其《譯藝譯》，頁64-66。

作業

1. 下面的各組字詞翻譯，有的是「既成譯法」，有的不是。把是的選出來。

a. sense of humor／幽默感 b. brain drain／沒頭沒腦 c. cold war／冷戰

d. white lie／白色謊言 e. hot dog／熱狗 f. red tape／紅色貼紙

g. 智囊團／brain trust h. 處女作／virgin work i. 象牙塔／ivory tower

j. 文化交流／cultural communication k. 抹布／dish towel l. 高速公路／high-speed high-way

2. 下面各題中，畫底線的字詞在那上下文中，應選擇何種譯法？

a. 那號人物，不會讓你失望的。

A guy of that（甲.number 乙.order 丙.caliber）will not let you down.

b. Last night I was really worn out with company.

昨夜我真的疲於（甲.應接客人 乙.公司業務 丙.陪伴家人）。

c. 如此，他們如何能達成協議？

As such, how can they come to（甲.treaty　乙.terms　丙.reconcile）？

d. "Is your wife expecting？" I asked, and he replied, "She is in labor now."

我問「你太太（甲.有期待　乙.有喜）嗎？」，而他回說「她此刻正在（丙.勞動　丁.分娩）」。

e. 有這產品肌膚能保持彈性。

With this product the skin can keep（甲.resilience　乙.elasticity　丙.flexibility）.

f. It is not an easy game to hunt big game.

捕捉（甲.大賭博　乙.大型獵物　丙.大富翁）並不是容易的把戲。

g. The waiter, pouring coffee for me, said"say when."

侍者，為我倒咖啡時，說（甲.「夠了就說好」　乙.「有話就說」）。

h. And I, feeling it was enough, said"when."

而我，覺得夠了，就說（甲.「好」 乙.「何時」）。

3. 下面各題中，請依所問回答。

a. 在台灣，按「依主不依客」的原則，你要把影印的廠牌"Zerox"譯成（甲.「全錄」 乙.「施樂」 丙.「吉拉克斯」）。

b. 把"volt, ampere, ohm"譯成「伏特、安培、歐姆」是（甲.依義不依音 乙.依音不依義）。

c. 按「依新不依舊」（遵照時下流行）的原則，你會把"engine"（甲.依義譯成「發動機」 乙.依音譯成「引擎」），而把"show"譯成（丙.「表演」 丁.「秀」）。

d. 按「依簡不依繁」的原則，你會把"AIDS／Aids（acquired immune deficiency syndrome）"（甲.音譯成「愛滋病」 乙.意譯成「後天免疫不全症候群」）。

e. 時下比較流行把"Vitamin B"譯成（甲.「唯他命B」 乙.「維生素乙」）。

f. 在台灣，把"laser"譯成（甲.「激光」 乙.「雷射」），在大陸，把“SARS”譯成（丙.「非典」 丁.「煞」）。

g. 把「旅行車」譯成美式英文是（甲. “estate car” 乙. “station wagon”），把「二樓」譯成英式英文是（丙. “first floor” 丁. “second floor”）。

h. 若把「這一對經常爭吵，他們早也吵晚也吵。」口譯成“The couple often quarrels. They have morning rows and evening rows.” 這時，“rows”一字要唸起來像（甲. “rose” 乙. “rouse”）。

4. 下面各題，請依指示寫出正確的譯字／譯詞。

a. 「調查」可譯成口語的“look into”或正式的“in____”。英文“There now, it’s just as I expected.”應境譯成「你____，正如我預料的。」

b. 依「俗對俗，雅對雅」的原則，“He looks down upon me”不要譯成「他鄙視我」，而要譯成「他瞧／看____我」。

c. 法律上，有「不在（犯罪）現場」的証明，英文叫“to have an a____”，不叫“to have evidence of not being present”。

d. 商場上，「信用狀」叫“L／C”（也就是“letter of c____”），「提貨單」叫“B／L”（也就是“bill of l____”），「報價」是“to q____a price”，而 C.I.F／c.i.f.／CIF是指含「成本（cost），保險（insurance），以及運費（and f____）」的價格。另“within 30 days after sight”是指「見票三十天即____」。

e. 生物科技上，音譯為「克隆」或意譯為「複製」的英文字是”c____”。

f. 電腦科技上，「磁碟機」是“disk／disc d____”，「終端機」是“t____”；a“megabyte”是一個「百萬位元（組）」，a“gigabyte”是一個「十____位元（組）」。

g. 打撞球時，「在下兩局中他沒有撞進一球」要譯成“He did not p___ a ball for the next two f____”。打網球時，「他在第二盤第一局發了三個擦網球」要譯成“In the first g____ of the second s____, he served three l____”。

h. 英文“ladybird／ladybug”是一種「____蟲」，而“lady's-slipper”是「鳳仙____」。中文「男嬰」要譯成“baby____”，而「西北」要譯成“n____”。中文說「亂七八糟」，英文說“at s____and sevens”。

5. 下面各題，請認定哪個翻譯比較靈活妥當。

a. You are but looking for a needle in a haystack.

（甲.你只是在乾草堆裡找尋一根針　乙.你只是在海底撈針）

b. 無論成功或失敗，我都要試。

（甲.No matter whether I may succeed or fail, I will try.　乙.Sink or swim, I'll try.）

c. Animated conversation was still in full swing in the small hours.

（甲.在午夜後的最初幾小時內，生動的交談仍舊處於最活躍的進行狀態中。乙.生動的交談在午夜之後仍熱烈進行著。）

d. 眾生之路就是歸陰會眾。

（甲.The way of all people alive is to return to the underworld and join the majority of people.　乙.The way of all flesh is to go down to the shades and join the majority.）

[作業參考答案及提示]

1. 是的有a，c，e，g，i，k，其他不是。（brain drain是人才外流，white lie是小謊言，red tape是官樣文章，處女作是maiden work，文化交流是cultural exchange，高速公路是freeway／motorway）
2. a.丙 b.甲 c.乙 d.乙，丁 e.甲 f.乙 g.甲 h.甲
3. a.甲 b.乙 c.乙，丁 d.甲 e.甲 f.乙，丙 g.乙，丙 h.乙
4. a.investigate，看 b.不起 c.alibi d.credit，lading，quote，freight，付 e.clone f.drive，terminal, 億 g.pocket，frames，game，set，lets h.瓢，花，boy，northwest，sixes
5. a.乙 b.乙 c.乙 d.乙

第十一章　中、英文的語句翻譯

講解

11.1　不管中文或英文，片語（phrase）、子句（clause）、和句子（sentence）都是由字詞（words）組成的。翻譯時，許多人以句子為單位，一句一句翻。不管那種翻譯的方法好不好，語句（由片語到句子）的翻譯，不僅牽涉到字詞的挑選，也牽涉到字詞的編排，它既要考量用字（wording）也要考量句法（syntax），而句法是語法或文法（grammar）的主要部分。因此，不懂用字的人，如果文法又不夠精通，根本就沒有翻譯的基礎能力。

11.2　在生活中，一個語句跟一個字詞一樣，確實也會成為一件翻譯的工作。例如，許多書名、論文標題、歌曲名、畫作標題、影片名稱等，都是一個片語或句子，如果人家委託你把那名稱或標題加以翻譯，你的翻譯工作便只是一個語句而已。翻譯一個語句的名稱或標題，和翻譯整篇、整本、整部作品一樣，也都要以信、達、恰為目標。例如，把福克納（Faulkner）的*The Sound and the Fury*譯成《此聲斯氣》，就比《痴人狂囂》更接近那小說名稱的音、義結構：那名稱裡並無「痴人」，只有感覺像嘶吼般的「聲氣」。

11.3 翻譯作品的名稱或標題，往往不能只看那名稱或標題的文字，有時也要看作品的內容。例如，電影《海角七號》的故事是發生在某海角而地址為七號的地方，並非發生在「七號海角」。所以它的正確英文片名應該是*No. 7, the Cape*或*No. 7, the Sea's Corner*，而非*Cape No. 7*。[96]又如，白禮博（Richard Bernstein）的*From the Center of the Earth*一書，寫的是某人來自中國大陸所見的悲慘真象（按：中國人自以為中國就是the center of the earth）。那書名應該（如黃文範先生所說的）譯成《我自中土來》才對。可是，它卻被誤譯為《來自地心》（很像科幻小說所述的來自地殼的內部）。[97]

11.4 翻譯作品的名稱或標題時，是可以根據作品的內容來變更文字的細節。例如，把*Wuthering Heights*譯成《咆哮山莊》，把*Vanity Fair*譯成《浮華世界》，便把"Heights"（高處）變「山莊」，把"Fair"（市集）變「世界」。有時，翻譯甚至於會大幅度的改名。例如，許多西洋小說都以主角名字當做書名，中文小說則沒有這種習慣。所以，

[96] 有關《海角七號》的英譯及討論，詳「懂更懂學習英文網站」之〈大家一起翻〉節目中的〔翻20〕。

[97] 詳見黃文範〈談《來自地心》書名的翻譯〉，《翻譯新語》，頁83-87。

翻譯以主角名為書名的西洋小說名稱時，大家都常大改其名。像*Oliver Twist*變成《孤雛淚》，*David Copperfield*變成《塊肉餘生錄》，*The Adventures of Huckleberry Finn*變成《頑童歷險記》。

11.5 翻譯作品的名稱或標題，有時要看服務的對象而依目的來變通譯法。例如，針對文人而把Margaret Mitchell的小說*Gone with the Wind*譯成《飄》，那是非常文雅而有詩意的譯名。可是，當*Gone with the Wind*拍成電影時，把它的片名譯成《亂世佳人》，雖然失去了「飄」的詩意，卻簡單的提示了電影的內容，迎合了大眾的胃口，因此比較容易吸引觀眾。[98]

11.6 翻譯一般的語句時，在字詞的選擇方面，當然要依照前一章所說的原則和注意事項來進行。在此我們要強調說：有時用錯了字詞，不只影響語句的風格而已，還會譯錯訊息，影響整個話語的內容。例如，假定王太太最近常常看到她的丈夫和某女人在一起，因而她說「我懷疑她是他的老情人。」這時要是你把她的話譯成"I doubt that she is his old flame"，那便大錯特錯了，因為"doubt"是「否認的懷疑」，說"I doubt that she is his old flame"便是「我不認為她是他的老情人」的意思。要講「猜疑」或「認定的懷疑」就要用"suspect"而非"doubt"。所以，王太太的話應該譯成

[98] 有關*Gone with the Wind*的中譯及討論，詳「懂更懂學習英文網站」之〈大家一起翻〉節目中的〔翻23〕。

"I suspect that she is his old flame"才對。

11.7 翻譯語句時，除了要注意用字用詞之外，還要注意語法：錯誤的語法有時也會誤導訊息。例如，把「那小孩擁有一隻機敏的猴子」譯成"The child is in possession of a smart monkey"，那是對的。但如果譯成"The child is in <u>the</u> possession of a smart monkey"，那就錯了，那反而是「那小孩被一隻機敏的猴子所擁有／所掌握」的意思。又如，把"He did not marry her because she was rich"譯成「他跟她結婚，不是因為她有錢」，這譯法是對的。但如果譯成「他沒有跟她結婚，因為她有錢」，那就錯了。[99]

11.8 翻譯語句時，有時不能就字面上的含義來翻，而要就實際的含義來譯。例如，修機器的師傅跟徒弟說：「這部機器你不會修，讓我來。」這句話的英文翻譯應該是"You don't know how to repair this machine. Let me do it."這裡的「讓我來」，是「讓我來修」的意思，不是「讓我來這裡」，所以不能譯成"Let me come"。又如，某人說"I'm only too glad to go to the party. I can't wait for it."這句話的中文翻譯應該是「我太高興可以去那派對了，我等不及了」。這裡的"I can't wait for it"不能譯成「我不能／無法等（它）」，因為那是「巴不得能馬上去而等不及」的意思。

11.9 中文與英文，在語法上有許多不同，翻譯時往往因為語

[99] 如果英文原文是多了一個逗點而用"because"或"for"，即"He did not marry her, <u>because／for</u> she was rich"，那就是「他沒有跟她結婚，因為她有錢」的意思。

法的差異而造成錯誤或產生不順不通的語句。例如，把「他們種稻、種麥、和種豆子」譯成“They grow rice, grow wheat, and grow bean”，那便一方面有語法錯誤（可數的名詞“bean”應改為“beans”），一方面又不太像一般英文的說法（把“grow”重複三次）。全句應譯成“They grow rice, wheat, and beans”才好。又如，把「對不起，我不知道你的這個朋友在房裡」譯成“Sorry, I don't know your this friend is in the room”，也有語法錯誤（“your this friend”應改為“this friend of yours”）以及說法不通的地方（進來以後看到人在房裡，那是“didn't know”而非“don't know”人在房裡）。全句應譯成“Sorry, I didn't know this friend of yours is in the room”才好。

11.10 為了信與達，有些成語的翻譯需要用比較特殊的譯法。例如，“You must be well prepared. This is where the rubber hits the road.”這兩句應譯成「你必須準備好，這是『<u>檢驗／測試</u>輪胎上路』的時候」（用了增譯法以及表示特殊含義的引號）。[100]又如，“You hit the nail on the head when you said so”最好譯成「你那麼說，真是<u>一針見血</u>」（用了改譯法，把「釘打頭上」改為「一針見血」，表示「擊中要害」）。另如，「他的罪惡簡直罄竹難書」可以譯成“His crimes are really too many to give a full account（of them）”

[100] 請參看“The rubber hits the road”的中譯及討論，詳「懂更懂學習英文網站」之〈大家一起翻〉節目中的〔翻25〕。

（用了省譯法而不直譯「罄竹難書」）。[101]

11.11 許多翻譯的錯誤，是由於受到原文語法的影響。例如，把「建議你更改密碼」按中文的說法譯成“Suggest you to change your password”，便錯在省去“suggest”的主詞（可能“I”或“We”），也錯在配合“suggest”所使用的句型。全句應該譯成“I／We suggest that you（should）change your password”才對。[102]又如，把“She has too many friends to invite”按英文的句法譯成「她有太多朋友可以邀請」，便把含義都譯錯了，應該譯成「她朋友太多，不好邀請」才對。再如，把「我希望你染頭髮」譯成“I wish you to dye／color your hair”，那是對的。但如果譯成“I hope you to dye／color your hair”，那是錯的，因為“hope”不用於“hope+*n.*／*pron.*+to *v*”的句型。若譯成“I wish you to dye／color hair”，那也是不妥的：中文是不說「我希望你染你的頭髮」，但英文卻必須說“I wish you to dye／color your hair”，光是“dye／color hair”也有“dye／color others’ hair”的可能。另如，把「你必須練習保護孩子的安全」譯成“You must practice to protect children’s safety”，那是句法有誤的中文式英文，應改成“You must practice protecting children

---

[101] 請參看「罄竹難書」的英譯及討論，詳「懂更懂學習英文網站」之〈大家一起翻〉節目中的〔翻16〕。

[102] 關於此句之誤譯，請參看“Suggest you to change your password”的討論，詳「懂更懂學習英文網站」之〈英文診療室〉節目中的〔病例42〕。

（for their safety）”才對：“practice”後要加*v*-ing而非to *v*，“protecting children”就是“protecting children for their safety／from danger”。

11.12 中、英文都有許多習慣的句法，不熟練就容易在翻譯時犯錯或不知如何翻才好。下面是一些翻對／翻好的例子，大家可以參考：[103]

a. 你必定覺得單單自己住在這裡很無聊。

You must find it rather dull living here all by yourself.

（要記得加“it”，也不能只把“rather dull”移到句後）

b. He is all gentleness to her, but to me he is cruelty itself.

他對她非常溫和，可是對我非常殘忍。

（all+抽象名詞或抽象名詞+itself＝very+形容詞）

c. 鯨魚是哺乳動物。臉是心的指標。文是勝於武／筆是強於劍。

The whale is a mammal. The face is the index of the mind.

The pen is mightier than the sword.

（記得加“the”來代表某種類、某身體部位、某抽象含義）

d. He is something of／nothing of／much of／little of a poet.

他 有一點／沒有一點／很有／很沒有 詩人的氣質。

e. 有他那資產的人當然配得上有她那美貌的人。

A man of his means is certainly a match for a woman of her

[103] 這幾句均參考到錢歌川《翻譯的技巧》，第二編〈英文慣用法及其翻譯〉，頁116-314。欲多看例句者，亦請參考該書之此編。

beauty.

f. Is it thinkable for that fool of a Tom to meet such a devil of a man？

那個傻瓜的湯姆遇上那樣一個魔鬼的人，可以想像嗎？

g. 王小姐 照樣／仍舊 忙，也 照樣／仍舊 漂亮。

Miss Wang is as busy as ever, and also as pretty as ever.

h. Those teachers who lack imagination cannot teach that art which needs it.

缺乏想像力的（那些）老師不能教需要想像的（那個）技藝。

i. It is as plain as plain can be： as rust has eaten the iron pot, so has care eaten her heart.

這件事再明白不過了：擔憂吞蝕了她的心，就像鐵鏽蝕壞了鐵壺一般。

j. You may well say so. But you may（just）as well kill me as hurt me that way.

你有理由那麼說，但你那樣傷我倒不如把我給殺了。

11.13 有些成語或諺語，在翻譯時，可以（採異化策略）按字面加以直譯，或（採歸化策略）按內容加以釋譯。例如，「像熱鍋上的螞蟻」不一定要直譯為“like an ant on a hot pan”，也可釋譯為“like a cat on hot bricks”。同樣的，“A crooked stick will have a crooked shadow”也不一定要直譯為「彎曲的棍子就有彎曲的影子」，它也可釋譯為「上樑不正則下樑歪」。

11.14 英文有些語法或句法，對不夠精通英文的人而言，很容易造成翻譯的困擾或錯誤。下面的例句請大家參考：[104]

a. You see. These are the students of our school.

你看，這些是我們學校的全體學生。

（若"These are students of our school"，即「這些是我們學校的學生」）

b. I say their success is out of the question.

我說他們成功是不可能的。

（若"out of question"，即「沒問題的」）

c. Look at the lady with grey hairs.

看看那二毛（有些灰白髮絲）的女士。

（若"with grey hair"，即「白頭，頭髮全灰」）

d. There they found a portrait of her.

在那裡他們找到一副（畫）她的肖像。

（若"her portrait／a portrait of hers"，即「她畫的肖像／她藏的肖像」）

e. This is the same purse that I have lost.

這是我丟掉的同一個皮包。

（若"the same… as…"，即「同一樣式的」）

f. Has the bell rung already？

[104] 這幾句均參考到錢歌川《翻譯的技巧》，第三編〈疑難句法及文章譯例〉，頁315-402。欲多看例句者，亦請參考該書之此編。

鐘已經響了嗎？（驚覺「時間過得真快！」）

（若"yet"，即「鐘已經響了沒？」：想知道時間）

11.15 如果中、英文都不夠精通，有些字詞連同語法會讓譯者誤譯或譯出中文式的英文／英文式的中文。下面這些例句的對與錯也請大家參考：[105]

a. 我想再學一種樂器／語言。

I want to learn another instrument／language.

（錯譯：I want to learn an instrument／a language again.）

b. 我的身體不舒服，我的頭覺得有點暈。

I am sick. I feel a little dizzy.

（錯譯：My body is sick. My head feels a little dizzy.）

c. 我很負責。如果你方便，我馬上去修理。

I'm dutiful. If it's convenient to you, I'll go and repair it at once.

（錯譯：I'm responsible. If you're convenient, I'll go and repair at once.）

d. 如果怕冷，你去爬山會很危險。

If the cold bothers you, it may be dangerous for you to go mountain-climbing.

（錯譯：If you fear cold, you may be dangerous to go mountain-climbing.）

[105] 前四句參考到James St. Andre&蘇正隆《英語的對與錯》，第一章〈中國式英語〉，頁3-22。欲多看例句者，亦請參考該書之此章。

e. He guessed at my age and then proceeded to the question of gender.

他猜一猜我的年齡，然後談到性別的問題。

（錯譯：他猜到我的年齡，然後繼續談性別的問題。）

f. I meant business when I said I had no use for you.

我說我用不上你，這話不是開玩笑。

（錯譯：當我說我對你沒有用時，我是指生意方面。）

11.16 對中、英文的文化差異，如果認知不夠，翻譯往往會造成語句走味或錯誤。例如，在中文裡「丈二金剛」是個歇後語，指「有如一丈二尺高的金剛力士[佛教護法神]佛像，令人摸不著頭腦」，由此進而指「莫明其妙」的意思。可是，在今日西方的（電影）文化裡，「金剛」（譯自“King Kong”）是指一隻巨大猩猩。因此，如果把「那真讓我丈二金剛，摸不著頭腦」譯成“That really made me feel that it was like a twelve-feet King Kong, with its head unreachable.”在這英文裡，把「一丈二尺」譯成“twelve feet”已經不正確，把「金剛力士／和尚」變成“King Kong”更是完全離譜走味，而把「摸不著頭腦」直譯為“with its head unreachable”並不能帶出「莫明其妙」的意思。比較好的翻譯或許是：“I feel it hardly explicable, just as the head of a high Buddhist statue is hardly reachable.”

11.17 要記得：有些語句只能境譯，不能意譯。例如，講英語的人，在聽不清楚對方所說的話語時，會說“I beg your pardon"或"Pardon"。這時，你不能把"I beg your pardon"／"pardon"譯成「我求你原諒／原諒」，而應譯成「（抱歉）（請你）再說一遍」。也要記得：有些語句只能音譯，無法意譯。例如，贊美上帝的"Hallelujah！"只好譯成「哈利路亞！」，禱告的結語"Amen！"通常也譯成「阿們！」，而非所表示的「心願如是」。同樣的，由梵文譯成中文的「南無阿彌陀佛」，若要再譯成英文，大概也就是"Namo Amitabha"。

11.18 中、英文的句子結構不同，翻譯時不一定是一句等於一句：有時，一句英文可以拆成兩句（以上）的中文，反之亦然。例如，"The wide currency of this philosophy of the 'survival of the fittest' enables people who act ruthlessly and selfishly, whether in personal rivalries, business competition, or international relations, to allay their consciences by telling themselves that they are only obeying a 'law of nature.'"這一個長長的英文合複句（compound complex sentence），可以譯成兩個中文句子：「『（最）適者生存』這個人生觀，在廣泛流行之後，人們的行為便會殘忍自私。無論在個人敵對時，商業競爭時，或國際關係時，殘忍自私的人只消告訴自己在服從一個『自然的法則』，便可以減輕良心上的不安。」[106]同樣的，「老年為少年之過來

[106] 錢歌川（頁442）仍把此句譯成一句：「由於這種『適者生存』的人生觀廣泛地流行著的緣故，不問是個人方面的敵對，事業上的競爭，或是國際間的關係，都要

人，少年為老年之候補者，老與少，只不過時間上之差別而已。」這一句中文也可以譯成兩句英文："The aged are the antecedents of the young, and the young are the candidates of the aged. The difference between age and youth is only a matter of time."[107]

11.19 翻譯語句時，也不一定要講求詞類對等，有時為了通順達意可以故意不對等。例如，把剛剛所說的"The wide currency of this philosophy of the 'survival of the fittest' enables people who act ruthlessly and selfishly…"譯成「『（最）適者生存』這個人生觀，在廣泛流行之後，人們的行為便會殘忍自私。」這翻譯便有不對等的詞類關係："people who act"變成「人們的行為」，副詞的"ruthlessly and selfishly"變成形容詞的「殘忍自私」。

11.20 以上所說的，只是一些想得到的有關翻譯中、英文語句的重點事項而已。其他應該還有不少事項，可以在翻譯的實際經驗中，由譯者自行注意到或體會出來，在此我們就不必再多費篇幅了。

殘忍而自私地來加以處理的人們，只消對自己說這樣做只是服從大自然的法則而已，便可獲得良心上的安慰。」但這樣一句顯然較不通順。

[107] 此英譯見錢歌川，頁412。

作業

1. 下面每題都給兩種某標題或名稱的譯法，請指出何者比較適宜。

   a. “The Main Components of the HIV-1 Genome”（論文標題）
   （甲.「人類免疫不全病毒之第一型基因組的主要成分」
   乙.「第一型人類免疫不全病毒基因組的主要成分」）

   b.「虛擬試穿如何影響消費者對服裝網站的反應」（論文標題）
   （甲. “How Virtual Try-on Influences Consumer Responses to an Apparel Website” 乙. “How Virtual Try-On Influence Consumer’s Response To An Apparel Website”）[108]

   c. Oscar Wilde’s famous play, *The Importance of Being Earnest*.
   王爾德的名劇（甲.《不可兒戲》 乙.《莊重為要》）[109]

   d. 中國的著名小說《紅樓夢》。

---

[108] 學術論文的標題，其英文的寫法有各種不同的方式。欲知細節，請參看董崇選所著《英文學術論文寫作》（台北：秀威，2013），第二章〈標題的訂定與寫法〉，頁15-28。

[109] 有關此劇名的中文翻譯，請詳看「懂更懂學習英文網站」之〈大家一起翻〉節目中的〔翻29〕。

The famous Chinese novel, (甲.*Dream of the Red Chamber* 乙.*Dreams of the Red Mansions*).[110]

e. I love the movie, *Cleopatra*.

我喜愛電影(甲.《克利歐佩脫拉》 乙.《埃及豔后》)。

2. 下面各題,請選出譯文中妥當之詞語。

a. 我們需要潛水以及相關活動的設備及附件。

We need equipment and (甲.accessory 乙.accessories) for diving and (丙.related 丁.relevant) activities.

b. 教師不得體罰學生。

Teachers should not (甲.*treat* students with *corporeal* punishment 乙.*inflict corporal* punishment on students).

c. Jane is delicate. She is now in a delicate condition, not in a delicate situation.

珍很(甲.靈巧 乙.纖弱)。她現在(丙.有了身孕 丁.身體靈敏),不是情況(戊.微妙 己.適宜)。

110 有關此小說名的英文翻譯,請詳看「懂更懂學習英文網站」之〈大家一起翻〉節目中的〔翻19〕。

d. 這兩個小孩由一位很細心的褓姆來照料。

The two kids are（甲.in charge of 乙.in the charge of）a very careful nurse.

e. 我很幸運能繼承那王位。

I had the（甲.fortune 乙.fortunate）to（丙.scceed 丁.succeed in 戊.succeed to）the throne.

f. He said he would get it at any price. I said I would get it at any cost.

他說任何（甲.價值 乙.價格）他都要買（它）。我說任何（丙.代價 丁.成本）我都要有（它）。

g. 陳先生寫得一手好字。

Mr. Chen writes（甲.a very good hand 乙.very good words 丙.very well）.

h. 旅行時我常坐頭等車廂。

I often（甲.sit in a first class 乙.take first-class cars 丙.travel first class）.

3. 下面各題都有兩、三個譯文，請選出正確者。

a. 明天早上第一件事，你要記得澆花。

（甲.You must remember to water the flowers the first thing tomorrow morning. 乙.Tomorrow morning the first thing is you remember watering the flowers.）

b. You cannot be too careful in crossing this boulevard.

（甲.橫越這林蔭大道時，你不可以太小心。 乙.橫越這林蔭大道時，你再小心也不為過。）

c. 他沒去過上海，我也沒。

（甲.He has never gone to Shanghai, neither I have. 乙.He has never been to Shanghai, and nor have I.）

d. They often have words together. There is no love lost between them.

（甲.他們在一起常有話說，兩人之間不會沒有愛。 乙.他們在一起常吵嘴，兩人之間無愛可失。）

e. 本列車全面禁止吸菸。

（甲.Smoking in all of the train is forbidden. 乙.This train forbids all smoking everywhere. 丙.Smoking in any part of the train is prohibited.）[111]

---

[111] 有關此題的英文翻譯，請詳看「懂更懂學習英文網站」之〈大家一起翻〉節目中

f. Please don't cough more than you can help.

（甲.忍得住就請不要咳嗽。　乙.忍不住也請不要咳嗽。丙.幫得了忙就請別再咳嗽了。）

g. 我的國籍是中國，我的職業是工程師。

（甲.My nationality is Chinese. My profession is an engineer. 乙.My nationality is China. My calling is engineer. 丙.My nationality is China. I am an engineer by profession.）

h. The wind blows south while the river flows east.

（甲.風往南吹去而江往東流去。　乙.風從南吹來而江往東流去。　丙.風從南吹過來而江從東流過來。）

4. 下面各題的譯文，請選出比較妥當者。

a. The camel is characterized by by an ability to go for many days without water.

（甲.駱駝以有能力走許多天不用喝水為特性。　乙.駱駝的特性是能夠走許多天不用喝水。）

的〔翻6〕。

b. I envy the inexhaustibility of your vitality, not the prosperity of your business.

（甲.我羨慕你的精力無窮，不是你的事業繁榮。 乙.我羨慕你的精力之無窮，不是你的事業之繁榮。）

c. It is often pointed out that people in underdeveloped areas spend their income mostly on food and clothing while people in well-developed areas pay more for other things than for such daily necessities.

（甲.那是常常被指出的事實：在未開發地區的人，把收入大部分花費在食物和衣物上，而在已開發地區的人，付較多錢為別的東西，比起為那樣的每日必需品。 乙.常常有人指出：在未開發地區，人們把大部分收入花在吃穿上；在已開發地區，人們則付較多錢買別的東西，不是買那些每日必需品。）

d. 六歲的小寶，光花父母六年的血汗錢而已，未來還看不出對家人有何貢獻，何必現在就急著慶祝他生在六年前呢？

（甲.Why should any celebration be organized presently with eagerness for the six-year-old Little Babe, who was born six years ago and who has for six years just spent the hard-earned money from his parents without showing any sign of what contribution he will make to the family in the future？ 乙.The six-year-old Little Babe has for six years just spent the hard-earned money from his parents. It is not yet certain what contribution he will make to the family in the future. Why, then, should any celebration be organized presently with eagerness for the fact that he was born six years ago？)

e. Today, we live in a democratic society, in which all people are supposed to be equal under the law, and everybody has the right to own a skyscraper so long as he has the money or power to own it.

（甲.今日，我們生活在民主的社會裡。那個社會認為法律之下人人平等。在那社會裡，只要有錢或有權，每個人都可以擁有一座摩天大樓。 乙.今日，我們生活在法律之下人人被認為平等而每個人只要有錢或有權便可以擁有一座摩天大樓的民主社會裡。）

f. I know not where is that Promethean heat that can thy life relume.[112]

（甲.我不知哪裡有那可以重新點燃你生命的燧人氏熱火。

[112] 此句引自莎劇 *Othello*, V,ii. 奧賽羅在殺妻前說此話。句中"Promethean heat"為一典故，出自希臘神話：Prometheus自天神偷火給泥身之人類，使之有熱火有情感而有生命，故"Promethean heat"或"Promethean fire"指「點燃生命之熱火」。中國神話中的燧人氏發明鑽木取火，教人熟食。燧人氏並不等同普（羅米修斯）氏。

乙.我不知哪裡有那普氏帶來的熱火可以重新點燃你的生命。）

g. When Nick scored a goal, some of his fans yelled “Hip, hip ! ” and then all of his fans shouted “Hurray ! ”

（甲.當尼克踢進一球時，有些他的球迷叫出「好哇，好哇！」然後他所有的球迷喊出「萬歲！」　乙.當尼克踢進一球時，有些他的球迷叫出「屁，屁！」然後他所有的球迷喊出「呼銳！」

h. 二十世紀看到兩次世界大戰的爆發。

（甲.The 20th Century saw the outbreak of two world wars.　乙.In the 20th Century was seen the outbreak of two world wars.）

5. 下面各題，請填一適當的字在譯文所留的空白裡。

a. 既然他們都是同一年齡，他們一點也不怕話不投機。

They are not a ____ afraid of having any communication gap since they are all of ___ age.

b. 如果他們想查究此事，他們不會缺調查員的。

If they want to inquire ____ the matter, they do not want ____ investigators.

c. 他是私生子。

He was born on the ____ side of the blanket.

d. I cried because my classmates call me names.

我哭是因為我同學 ____ 我。

e. She always turned her term papers in at the eleventh hour.

她總是在最 ____ 的時刻才把學期報告 ____ 進來。

f. You must speak to him as soon as you can, but don't speak as fast as you can.

你必須盡 ____ 跟他講，但講話不要盡量快 ____ 。

[作業參考答案及提示]

1. a.甲 b.甲 c.乙 d.乙 e.乙

2. a.乙，丙 b.乙 c.乙，丙，戊 d.乙 e.甲, 戊 f.乙, 丙 g.甲 h.丙

3. a.甲 b.乙 c.乙 d.乙 e.丙 f.甲 g.丙 h.乙

4. a.乙 b.甲 c.乙 d.乙 e.甲 f.乙 g.甲 h.甲

5. a.bit，an b.into，for c.wrong d.罵 e.後, 交 f.快／速,，速

第十二章　中、英文段落以上的翻譯

講解

12.1　翻譯通常是要翻一篇文章或譯一個作品，不是要翻譯一個字詞或一個語句而已。一篇文章或一個作品通常是由若干章節或段落組成，而章節或段落則由若干語句組成。翻譯語句要注意遣詞用字以及語法或文法，翻譯段落、章節、乃至整篇文章或整部作品，則要另外注意句子間、段落間、章節間的連貫，以及那些比較大的寫作單位所表現的整體風格。翻譯一篇文章或一個作品，沒經驗的人可能拿來就從頭一句一句翻下去，有經驗的人就會把整篇文章或整個作品先看一、兩遍，瞭解其大意與風格之後才一段一段翻（不是一句一句翻），為的是讓各段譯文都能既信且達：既不改變整段原文的大意與風格，也不會自己不順不通。[113]

---

[113] 這種譯法便是Albrecht Neubert提倡的"top-down model"（由上而下的模式）。Neubert認為翻譯的essential unit應該是 the entire text（全文），由此往下考量到較小的、可譯的 semantic units。此觀念引述在 Gentzler, 68.

12.2 翻譯段落時，確實最好不要一句一句翻，而是要在領悟整段原文的含義與風格之後，重新整理而譯出整段。這時整段的譯文可能和整段的原文有大致相等的含義與風格，但譯文和原文的句數不一定要相等，有時它也可以不相等。例如，下面為一段含有四個句子的英文：

Nobel had provided for the establishment of the Peace Prize in his will. Evidently, he was deeply troubled by the destruction caused by his invention of dynamite and smokeless gunpowder. Of all the the 72 recipients of the prize since 1901, probably none comes closer than Sakharov to the spirit of Nobel's bequest. The father of the Soviet hydrogen bomb, Sakharov went on to become an indefatigable fighter for thermonuclear disarmament and democracy in the U.S.S.R.

但這四句一段的英文，卻可以像這樣翻成只有三句的一段中文：

諾貝爾在遺囑裡提供了設立和平獎的項目，他顯然是為了自己發明炸藥和無煙火藥所造成的破壞性而深深感到不安。自1901年以來，在此獎的72位得主中，可能沒人比起沙卡洛夫更靠近諾貝爾遺贈此獎的精神。身為蘇聯氫彈之父，沙卡洛夫卻變成了不屈不撓鼓吹蘇聯核子裁軍以及實行民主的鬥士。

12.3 翻譯段落時，譯文各句的順序也不一定要跟原文的一樣，有時它也可以不一樣。例如，上面剛提到的那段英文，其前兩句也可以譯成「諾貝爾發明炸藥和無煙火藥所造成的破壞性，顯然令他自己深深感到不安，所以他在遺囑裡便提供了設立和平獎的項目。」這麼一來，譯文與原文的句子順序便有所不同。不過，句子順序與數目的更動，都不影響段落的含義與風格。

12.4 翻譯整個段落，最要緊的確實不是句子的順序與數目有無更動，而是整段的內容與形式（或含義與風格）有沒有嚴重的疏漏或扭曲，或有沒有變成模糊不清、不通不順。例如，下面一段英文取自達爾文（Darwin）的《物種原始》（*The Origin of Species*）：

Man does not actually produce variability； he only unintentionally exposes organic beings to new conditions of life, and then nature acts on the organization, and causes variability. But man can and does select the variations given to him by nature, and thus accumulate them in any desired manner.

假如你把這段話直譯成：

人類不會真正生產變異性；他只毫無目標地暴露有機存在物於新的生活條件中，而然後自然就作用在那組織上，而引起變異性。可是，人類能夠也的確挑選自然給他的變化，而因此以任何欲求的方式累積它們。

像這樣的翻譯能讓人看懂全段在說什麼嗎？這樣的譯文太拘泥於字面含義以及字句順序，顯然把話弄糊塗了。假使譯者能完全看懂原文，把文句消化之後活化一些字眼，再考慮譯文的通順問題，說不定就可以譯成如下的、可以理解的版本：

實際上，人類不會自動產生身體的變異。人類只是在無意間把身體暴露於新的環境中。接著，自然環境便對身體產生作用而引起變化。自然給予人類的變化有很多種，人類能夠挑選——也的確會去挑選——所要的各種變化。於是，人類都是按照欲望在累積各種變異的特徵。[114]

[114] 關於此段翻譯的解說，詳「懂更懂學習英文網站」之〈大家一起翻〉節目中的〔翻28〕。

12.5 「領悟整段原文，重新整理，然後譯出整段」，就像「領悟整句原文，重新整理，然後譯出整句」一樣，有時也要用「增譯法」來讓譯文既信且達。例如，下面一段中文：

兩兄弟為爭奪父親遺產而告上官司。結果，纏訟數年，眼看訴訟費用幾乎就要吞掉所有遺產。這時，兩兄弟的舅舅於是出現，痛責兩人說：「你們已經當了鷸蚌，律師已經當了漁翁，你們還要如此相爭嗎？」

如果把這段中文就字面翻譯成英文，可能類似這樣：

Two brothers fought against each other for their father's legacy and went to law. As the suit dragged on for several years, the fees paid for it were seen to eat up almost all the legacy. At this juncture the two brothers' uncle appeared and took them to task, saying, "You have become the snipe and the clam, and the lawyers have become the fisherman. Are you going to fight on like that？"

問題是：看英文的外國人可能並不熟悉「鷸蚌相爭，漁翁得利」的故事，這樣單純的就字面譯出舅舅的話，如果不加上附註，看譯文的外國人「能明其妙」嗎？所以說，為了確保那些話語的通達，如果不加註，或許可以補充一些話而把舅舅的話譯成如下：

You have engaged in a fight like that in one of our allegories, that is, the fight between the snipe and the clam, which benefits only the fisherman, who is a third party. Now, you have become the snipe and the clam, and the lawyers have become the fisherman. Are you going to fight on like that？

12.6 翻譯段落時，如果是口譯，往往會因為聽不清楚或記不得而漏譯一句或兩句。筆譯時，有充分時間，當然不能隨便漏譯。不過，有時一個段落裡也會有可以省略不譯的句子。那種句子，如果直譯，通常只會徒增困擾而令人費解。例如，如果要英譯下面一段中文：

該公司決定起用張先生為行銷經理。那真是蜀中無大將，廖化作先鋒。顯然他們一時已經別無選擇，只好找個乖順的庸才來濫竽充數。

在這原文裡，「那真是蜀中無大將，廖化作先鋒」是可以譯成“It is really a case of letting Liao-hua lead the vanguard because there is no great general in Setzuan”，但這種話以及它的典故，洋人懂嗎？這種直譯的話語會不會徒增困擾而令人費解？如果把這句話省去，把全段譯成：

The company decided to use Mr. Chang as their sales manager. Obviously, they had no other choice for the time being. They could only find an obedient, mediocre guy to make up the number of their managers.

這樣不是照樣通達明白嗎？

12.7 翻譯段落時，當然要盡量不增不減，盡量讓譯文完全等同原文的含義與風格，可是在無法同時兼顧到含義與風格的情況下，便要做明智的取捨。例如，英譯下面一段中文時，有辦法顧到押韻的風格嗎？

不管當初上帝的用意是何在，不管歷史與傳說是為男或為女開，是因女或因男而精彩，反正自從古代到現代，這個世界好像都是男人在主宰：好像都是由他在決定戰或和、收或授、放或逮；由他在裁定去或留、升或降、買或賣。[115]

在無法顧到句尾的押韻時，當然只好捨棄押韻，只好注意整段的含義及散文的節奏（prose rhythm）就好。像下面的

[115] 此段取自董崇選〈談男說女〉一文，見其《退之集》，頁30。

英譯便是：

No matter what might be God's original intention, and no matter whether history and legend were started for men or for women, and are interesting because of women or of men, it is all the same. From the ancient times to the modern age, it seems, this world has been dominated by the male. Seemingly, it has been a he that decides whether to fight on or have a truce, what to take or give, and whom to release or arrest； also, a he that judges whether to leave or stay, whom to promote or demote, and what to buy or sell.

12.8 翻譯散文的段落時，是可以權便的捨棄押韻，但翻譯詩歌的詩節（stanza）時，除非辦不到，否則便不好不顧節式（stanzaic form）以及節式中的韻腳排場（rhyme scheme），因為節式與押韻乃是許多詩歌的重要部分。像Tennyson的名詩"The Eagle"（〈老鷹〉），它是「三行一段」的節式而且「三行aaa一韻到底」。其第一段，便可譯成這樣：

He clasps the crag with crooked hands,
用彎曲的手，他抓住峭壁，
Close to the sun in lonely lands.

接近太陽，在孤零的境地。

Ringed with the azure world, he stands.

圈著蔚藍的世界，他站立。[116]

在這翻譯中，同樣三行一韻到底，只是每行的音節數由原文的8變成譯文的10而已。

12.9 不過，在譯詩時，有的韻腳排場確實很難掌握，在困難中改變原作的押韻方式，有時也比不押韻好。例如，Browning 的名詩"Meeting at Night"（〈相會在夜裡〉），其第一段的翻譯可能如下：

The grey sea and the long black land;

灰灰的海洋，長長黑黑的陸地；

And the yellow half-moon large and low;

還有黃黃的半輪月亮，大又低；

And the startled little waves that leap

那些小小的波浪，驚嚇而跳起

In fiery ringlets from their sleep,

成火紅的小圈圈，沒有了睡意，

As I gain the cove with pushing prow,

---

[116] 整首詩的翻譯與解說，詳「懂更懂學習英文網站」之〈由文學名作學英文〉節目中的〔L 19〕。

當我到達海灣，船頭往前推移，

And quench its speed in the slushy sand.

然後減消速度，在泥濘沙灘裡。[117]

原作的韻腳排場是abccba（漏斗形），但譯文則是aaaaaa（直線形），這種改變是不夠「信於原作」，但總比沒押韻好。

12.10 詩歌的段落，不僅可能有押韻的詩行，也會有詩行的節奏（rhythm）或韻律（meter）。翻譯時，如果無法顧到原文的節奏或韻律（如英詩中所謂「抑揚格五音步 iambic pentameter」的節奏或韻律），至少也要讓譯文保有詩歌的節奏感，不能讓詩中的韻文（verse）變成散文（prose）。同樣的，各行的長短（音節數），也不能因為翻譯而改變太多。如果原文是歌詞，譯文就更不能拉太長而變成無法唱。當然了，詩歌的段落裡可能還藏有許多其他的伎倆（devices），翻譯時，或許無法兼顧到各種伎倆，但總可權衡輕重，決定取捨。例如，英譯李商隱的〈錦瑟〉一詩時，一方面可以捨去尾韻，一方面卻可以保留原文裡的對偶排比，就像這樣：

[117] 整首詩的翻譯與解說，詳「懂更懂學習英文網站」之〈由文學名作學英文〉節目中的〔L 04〕。

錦瑟無端五十絃，一絃一柱思華年。

The gorgeous zither, for no known reason, has fifty strings.

Eacn string, with each bridge, gives rise to thought of youthful years.

莊生曉夢迷蝴蝶，望帝春心託杜鵑；

Master Chuang, in his dream at dawn, confused himself with a butterfly；

Emperor Wang, with his heart of spring, consigned himself to a cuckoo bird.

蒼海月明珠有淚，藍田日暖玉生煙。

Over Grey Sea, the moon was bright, but the pearls had tears；

Upon Blue Field, the sun was warm, and the jade bore mists.

此情可待成追憶，只是當時已惘然。

Affairs as such, one could expect, would become things for recollection.

Yet, at that time, I was lost and bewildered already.[118]

118 此詩的翻譯與解說，詳「懂更懂學習英文網站」之〈大家一起翻〉節目中的〔翻13〕。

12.11 一般的散文段落（paragraphs）當然不會藏有許多文學的技巧或伎倆，因此照段落的含義來翻譯，可能就不會背離了原文的風格（風格本是運用文字技巧／伎倆的結果）。不過，段落與段落之間，說話的語氣（tone）、創造的氣氛（atmosphere）和上下文的語意（sense），翻譯時也要特別注意有沒有連貫，不連貫時往往會令人莫明其妙。例如，下面是一則有關天主教稱謂的笑話：

Four women were chatting in a hall. Fanny said, "My son is a priest. When he enters a hall, people will greet him by calling him 'Father.'" Gwendolen said next, "Mine is a bishop. Wherever he is, he is called 'Your Grace.'" Then Emma said, "Well, I must tell you, my son has become a cardinal. Now, if he gets into this hall, you will call him 'Your Eminence,' won't you？"

Finally, Victoria said reluctantly, "Sorry, but my urchin is six foot six, with such big breast muscles, such a fantastic fanny, plus such a graceful face and such prominent gestures that each time he comes to a social gathering, all females are sure to cry out, 'Oh！ my God！'"[119]

---

[119] 有關此笑話之譯注，詳「懂更懂學習英文網站」之〈由笑話學英文〉節目中的〔J-173〕。

把這一則笑話譯成中文時，如果將第二段最後的“Oh！ my God！”譯成「哎喲！我的天哪！」，那就把驚奇的歡呼變成感嘆的哀叫，同時無法讓Victoria所說的“my God”銜接而勝過前一段Fanny, Gwendolen, Emma等三位所說的“Father”（神父）, “Your Grace”（閣下），和“Your Eminence”（殿下）等稱呼。所以“Oh！ my God！”應譯成「啊！我的上帝呀！」才好，才能帶出笑話的笑點。

12.12 散文的段落之間要連貫，詩歌的段落之間也一樣要連貫。形式上，詩節詩體前後都要一致，除非原作本身已經不一致。例如，假定每一段都是「三行連韻體」（terza rima），那麼翻譯後若要維持那種詩體，就得每段也都是三行連韻體，不能忽而變成「英雄雙行體」（heroic couplet），或忽而變成「四行民謠體」（ballad stanza）。

12.13 譯詩時，在內容上，段與段之間的細節，也不能因翻譯而妨礙了連貫。例如，下面五行是詩人雪萊（Shelley）所寫〈給雲雀〉（“To a Sky-Lark”）的一個詩節的翻譯：

Like a Poet hidden	像一個詩人隱藏
In the light of thought,	在思想的光茫中，
Singing hymns unbidden,	自發地把頌歌唱，
Till the world is wrought	直到世人都感動，

To sympathy with hopes and fears it heeded not.

感受世人沒留意的希望與驚恐。

像這樣的翻譯，把最後一行的"it"正確解讀為指前一行的"the world"而明白的譯成「世人」，這樣是對的。如果照字面翻譯，把最後一行譯成「感受它沒留意的希望與驚恐」，譯文的讀者便會誤以為「它」是指那雲雀。其實，這一段的前一段以及後面幾段，詩人把雲雀也先後拿來比"rainbow clouds"（帶彩虹的雲）, "a high-born maiden"（出生高的姑娘）, "a glow-worm golden"（金光的螢火蟲）, "a rose embowered"（隱在樹葉中的玫瑰）等，在那一連串的比喻中，只有說到雲雀令人稱頌的優點，並沒有說到雲雀的缺點，並沒說它會有「"heeded not"（注意不到而不知）的希望與驚恐」。在整篇詩裡，也都是用第二人稱的thou, thy, thee, thine來指稱那雲雀，而不用第三人稱的it。

12.14 注意到段落的連貫之後，整篇文章或整個作品，不管是講究風格的文學作品或講究內容的非文學作品，便能一體完整的翻譯出來了。假定原文是個有特殊造型的圖像詩（shaped poem）或具象詩（concrete poetry），有聯貫便能讓那特殊的造型（如蛇形、鼠尾形、祭壇形等）整個浮現出來。假定原文只是個有特殊用意（intention）或特定主題（theme）的一般文章，有連貫的段落便能彰顯那用意或那主題。所以，我們的結論是：段落以上的翻譯，無論在內容／含義或形式／風格方面，一則要在段落內信達恰，一則也要在段落間信達恰，那樣才能全篇信達恰。

作業

1. 下面的一段中文翻英文，其句數與順序是否一樣？

台灣，西方人以往稱為「福爾摩莎」，位於太平洋之西，其最近處距中國大陸東方不到一百英里。島形如菸葉，南北長約二百四十英里，東西最寬處約九十英里。它的總面積有13,837平方英里，略大於荷蘭。屬亞熱帶氣候，整年雨水充足，陽光也多。

Taiwan, known to Westerners as Formosa in the past, is located in the Western Pacific Ocean, at its nearest point less than 100 miles east of the Chinese Mainland. Shaped like a tobacco leaf, the island is about 240 miles from north to south in length, and about 90 miles at its greatest width from east to west. It covers an area of 13,837 square miles, a little larger than Holland. Its climate is subtropical, and it has plenty of rainfall and sunshine all the year round.

請自已英譯一遍，然後比對用字、句法、句數、與順序。

2. 下面的一段中文翻英文，其句數與順序是否一樣？

大道之行也，天下為公，選賢與能，講信修睦。故人不獨親其親，不獨子其子，使老有所終，壯有所用，幼有所長。矜寡、孤獨、廢疾者皆有所養，男有分，女有歸。

When the Great Principle prevails, the world is a commonwealth in which rulers are selected according to their virtuousness and ability while people promote mutual confidence and cultivate good neighborliness. Hence people do not regard as parents only their own parents, nor do they treat as children only their own children. Provision is secured for the aged till death, employment for the able-bodied, and the means of growing up for the young. Helpless widows and widowers, orphans and the lonely, as well as the sick and the disabled, are well cared for, while men have their respective occupations and women their homes.

請自已英譯一遍，然後比對用字、句法、句數、與順序。

3. 下面的一段英文翻中文，其句數與順序是否一樣？

It is always inspiring to see a brave man fighting for a lost cause, and I never cease to admire the zeal with which year after year he carries on a guerrilla warfare against the ever-increasing power of tobacco. I admire it all the more because I have fired a few shots in the war against tobacco myself, and have invariably retired defeated, with the sign of defeat, a cigarette in my mouth. I can go on fighting for a week or a month, but there always comes a time when I strike my colors—and a match.

看勇敢的人為必輸的運動而奮鬥，總是有所啟發的。我永遠會讚賞他年復一年如此的熱心，面對香菸不斷增加的軍力，卻持續進行他的游擊戰。我會大加讚賞是因為在那反菸的戰事中，我自己也開了幾槍，卻始終被打敗回來，帶著失敗的標誌，那就是嘴裡銜一支菸。我能繼續打上一週或一個月，可是總有個時候我得降下軍旗——而畫根火柴。

請自己中譯一遍，然後比對用字、句法、句數、與順序。

4. 請先閱讀下面一段英文，再回答後頭的問題：

Whatever you do, you are making a choice. When you get up, you choose not to stay in bed. When you walk, you choose not to take a bus. When you go to a pub, you choose not to go home. Choices like these are easy to make. So you do not feel you are making them or you have made them. When a choice is difficult to make, you will know you have to make it. The choice may be one between two fires. It may be one between Scylla and Charybdis. Or it may be one between the devil and the deep sea. Facing a difficult choice like any of these, you may hesitate to make it and you may go and ask for advice.

試問：

a. 如果把這段翻成中文，其中哪一句可以省略不譯（免得直譯之後也讓人看不懂）？
b. 如果把“It may be one between Scylla and Charybdis”直譯成「那或許是席拉與卡力布底斯之間的抉擇」，一般中文讀者能瞭解那是什麼意思嗎？
c. 如果譯成「那是撞上崖壁或掉入旋渦兩者之間的抉擇」，應該比較明白，不是嗎？
d. 如果譯成「那是撞上席拉的崖壁或掉入卡力布底斯的旋渦，兩者之間的抉擇」，會不會也更好？
e. 不管省略那句不譯或加字補充含義，是不是應該加註說明“Scylla and Charybdis”的典故比較好（除非是無法加註的口譯場合）？

5. 請先閱讀下面一段英文及其中文翻譯：

The snake charmer went forward and picked up the snake. He

knew it was not poisonous. He grabbed it by the tail, swung it slowly, and, suddenly, gave it a bite. I mean he bit it！ He bit its back suddenly and adroitly. It gave him no return bite. No, no snakebite was seen then and there. There was only an uproar. The lookers-on were all excited. They had not expected to see a man bite a snake.

弄蛇者知此蛇無毒，乃趨前撿起此蛇。隨即緊抓其尾，慢甩其身，而突然一咬。吾乃意指人咬蛇！此人咬其背，既突然且熟練，故該蛇並未回咬。誠然，當場未見蛇咬，只見一股騷動。旁觀者並未預料人咬蛇，故皆興奮。

試問：

a. 這樣的譯文，雖然含義大致相同，但有沒有改變句數和句子的順序？

b. 這樣的譯文，跟原文的風格相同嗎？原文有文言的味道嗎？

c. 譯文用了「乃」、「隨即」、「故」、「誠然」等「起承轉折用語」（transition expressions），原文卻不用，所以原文只有直接描述，也因此言語比較生動，不是嗎？

如果把這段英文翻成如下的中文：

弄蛇的人走上去，撿起蛇，知道那條蛇並沒有毒。他抓住蛇尾，慢慢甩動，而突然間，來個一咬。我是說人咬蛇！他突然的、靈巧的咬上蛇的背，而蛇並沒有回咬。沒有，當場看不到蛇咬，只有一股騷動。旁觀的人全都興奮起來。他們沒有料到會看見人咬蛇。

試問：

d. 譯文有沒有明顯改變原文的風格？

e. 這樣的譯文，有沒有改變句數和句子的順序？

f. 這樣的譯文，是不是同為語體文（而非文言文）？

g. 這樣的描述，是不是一樣直接生動？

6. 在英詩裡，一個「對句」（couplet）往往是段落中的一個更小的、可能還是自足的單位。下面兩行是波普（Pope）《秀髮劫》（*The Rape of the Lock*）裡的一個對句及其翻譯：

Where wigs with wigs, with sword-knots sword-knots stirve,
Beaux banish beaux, and coaches coaches drive.
那兒假髮跟假髮，劍飾跟劍飾戰，
公子驅逐公子，而馬車把馬車趕。

請問：

a. 原文各行為抑揚格（弱強、弱強的韻律或節奏），譯文也有以弱強的聲音所形成的抑揚格韻律或節奏嗎？譯文是不是只有平仄（調子／pitch）的變化？

b. 原文各行為五音步，共十音節，譯文每行有幾音節？

c. 原文的兩行有押韻，譯文的兩行也有押韻嗎？

d. 原文行中的句法，展現「相同字詞的並用與對照」，譯文也展現同樣的手法嗎？

7. 美國詩人福洛斯特（Robert Frost）有一首八行詩作，叫 "Nothing Gold Can Stay"。其原文及譯文如下：

Nature's first green is gold,	自然初綠是金的，
Her hardest hue to hold.	最難保住那色澤。
Her early leaf's a flower；	葉子早時花一朵；
But only so an hour.	但只如此一時候。
Then leaf subsides to leaf.	然後沈落葉到葉。
So Eden sank to grief,	同樣伊甸落傷悲，
So dawn goes down to day.	同樣曉旦變白日。
Nothing gold can stay.	金的事物待不住。[120]

請問：

a. 在內容方面，譯文能跟原文一樣表達「金的事物待不住」的見解嗎？

b. 原文前七行每行六音節而最後一行為五音節，譯文卻每行均

[120] 此中文翻譯乃本書作者所為。有關該詩之翻譯與解說，詳「懂更懂學習英文網站」之〈由文學名作學英文〉節目中的〔L 43〕。

七字七音節。這樣拉長一兩音節有影響到「詩行簡短」（提示「短暫美好」）的感覺嗎？

c. 原文押的尾韻是aabbccdd的結構，譯文也試圖如此嗎？完全成功嗎？

d. 原文中的“her”是指“Nature’s”（「大自然的」），但譯文中沒譯出「她的」（如「她的最難保住的色澤」、「她的早期的葉子是一朵花」）。這個省譯法應該嗎？如譯出“her”，會不會反而影響前後文的聯貫？

e. 原文中的頭韻（如Her hardest hue to hold 及 So dawn goes down to day）在譯文中有保留嗎？

f. 原文中的“gold”既指價值有如「黃金」也指顏色是「金黃」，譯文把它翻成「金的」，而非「黃金的」或「金黃的」，是否故意保留那多義性？

g. 自然界中有許多植物，在初發葉芽時，那初葉確實是金黃色，但它的golden days很短暫。金黃在上的「初葉」（early leaf）馬上就會變成綠色在下的「晚葉」（late leaf），那是顏色在時間中沈落（subside）。所謂“leaf subsides to leaf”就是譯文「沈落葉到葉」（由初葉沈落到晚葉）的過程嗎？

h. 由這譯文是否可以看出「翻譯有取有捨，無法周全照應」的道理？

[作業參考答案及提示]

1. 是（同為4句，句子順序也大致一樣）

2. 否（原文3句，譯文4句，但順序大致一樣）

3. 否（原文3句，譯文4句，但順序大致一樣）

4. a. "It may be one between Scylla and Charybdis"這句

   b.不能瞭解 c.是比較明白 d.會更好 e.加註比較好

5. a.原文10句，譯文6句，而且順序有些更動

   b.風格不同，原文無文言味道

   c.原文不用transition expressions，直接描述比較生動

   d.沒有

   e.原文10句，譯文7句，但順序大致一樣

   f.同為語體文

   g.是一樣直接生動

6. a.沒有抑揚／弱強的韻律／節奏，但有平仄聲調的變化

   b.譯文每行13音節

   c.有押韻

   d.有展現同樣手法

7. a.能

   b.沒有

   c.有試圖，沒完全成功（朵／候，葉／悲，日／住等韻母僅相近非相同）

d.應該，譯出“her”反而影響聯貫

e.沒有

f.是

g.是

h.是

第十三章　各種文類的中、英翻譯

講解

13.1 翻譯的原文有百百種，每一種都有其特別的內容、寫作的風格、出現的媒體、針對的人（群）、以及使用的情境／場合，而這些因素都會影響到翻譯的作為。大體上，翻譯的原作可以分成「文學作品」（literary works）或「非文學作品」（non-literary works）兩大類，而我們已經說過：文學作品不僅重視內容，也重視風格；非文學作品則通常比較重視內容，而比較不重視風格。因此，翻譯文學作品時，要務求信於原作之內容與風格；翻譯非文學作品時，則可以把重心放在內容上。

13.2 其實，文學的作品也有很多種，現今常把文學分為詩（poetry）、戲劇（drama）、小說（fiction）和散文（prose）四大類。這四大類中，詩歌是最講究文字技巧的，所以最有風格可言，也因此最難翻譯。在本書第四章已經指出：翻譯要在義、音、形、境四大層面上，力求各種細節都能相等。翻譯詩歌時，在義（sense）的方面，可能要特別注意：文字在「明指的含義」（denotation）之外，或許還帶有「蓄藏的含義」（connotation）、「一語多義」（ambiguity）、「象徵含義」（symbolic meaning）、「典故含義」（allusive meaning）、「一語雙關」（pun）、以及在情境中的「特殊用意」（special significance）等。在音（sound）的方面，可能要特別注意韻律、押韻（包括頭韻、尾韻、行中韻）、以及音響效果（sound effect）和語氣（tone）。在形（shape）的方面，可能要特別注意明顯的節式（stanzaic form）或圖形圖案（picture, pattern），以及隱含的、結構上的平行（parallel）或對照（contrast）。而在境（situation）的方面，則可能要特別注意說話者的身分、說話的對象、以及說話的場合等。

13.3 四大類的文學，每一類當然都可以再細分成許多小類，但不管大類或小類，各類文學作品都是用韻文（verse）或散文（prose）寫成的詩或文，也都可能有抒情、寫景、敘事、或說理的成分。翻譯時，除了注意各類作品特有的形、音、義、境之外，當然也要注意各類作品所要表現的特殊效果：例如，翻譯哀歌時，不能讓哀怨之情變成喜悅。翻譯寫景文時，不能讓美妙之景變成醜陋。翻譯故事詩時，不能讓有趣之事變成乏味。翻譯論說文時，也不能讓清晰之理變成曚矓。翻譯頌詩、頌詞就要有讚頌的語氣，翻譯貶抑嘲弄的詩文就要有諷刺的譏風，翻譯高亢的演說要能不失高亢，翻譯誠懇的請求則不失其誠懇。翻譯時，能翻出各類原作既有的整體效果，才可能完成信、達、恰的目標。

13.4 有些現代主義（modernist）或後現代主義（postmodernist）的作品，有極特殊的寫作方法或風格。翻譯時，要照樣把特殊的地方彰顯出來，才算恰當。例如，在Laurence Sterne的 *Tristram Shandy*裡，用了許多星號（*）來表示省略文字，書中還有兩章（CHPT. XVIII和 CHPT XIX）都是空白。翻譯這作品時，當然要比照辦理。又如，在 William Faulkner的*The Sound and the Fury*裡，分別用正體字和斜體字來代表Benjy「當下的心聲」與「倒敘的心聲」。翻譯這作品時，當然也要用不同的字體來區別。另如，在James Joyce的*Ulysses*裡，最後一個 episode有幾十頁的文字沒有標點，用以表示Molly的「意識流」（stream of consciousness）。翻譯到這部分時，當然也不要有標點。

13.5 非文學類的語文作品，其實不必然就沒有「文學性」（literariness）。許多不列入文學的經典著作（如宗教、倫理、哲學、歷史著作）、學術論文、演說詞、廣告詞、新聞稿、自傳、日記、信件、吵架辯詞、規勸文字、或日常對話，也往往含有文學的伎倆，甚至於帶有「詩歌味」（poeticality）。翻譯到那種東西，當然也要盡量顧到它原有的文學性或詩歌味。例如，在一段廣告詞中，若有夾著「父母的*態度*，決定子女的*高度*」這句有韻味的話，你就要把它譯成同樣有韻味的“The parents' *attitude* determines their children's *altitude*"才好，不要翻成"The parents' *attitude* determines their children's *height*"。同樣的，在一連串的埋怨中，若有"She left me no *per*manent *address*； she only gave me a *per*petual *distress*."這句有韻味的話，你就要把它譯成同樣有韻味的「她沒留給我*永久*的*地址*，她只給了我*永遠*的*痛苦*」才好，不要翻成「她沒留給我*永久*的*地址*，她只給了我*不斷*的*災難*」。

13.6 撇開「非文學類也可能帶有文學性」這一點不說，各種非文學類的語文成品，就算全無文學或詩歌的成分，也可能帶有翻譯時值得多加留意的特點。例如，廣播稿（script for radio-broadcasting）雖然可以預先翻譯，卻要注意那是「針對廣大聽眾」以及它「必須講求時效」這兩個特點。因此，廣播稿既要譯得「容易聽懂」，也要譯得「不冗長費時」。例如，在一篇論翻譯的廣播稿中，假定有這幾句英文："Translations are like women. If they are faithful, they may not be beautiful. If they are beautiful, they may not be faithful."要把這幾句翻成中文來廣播時，如果把第一句翻成「翻譯就像女人」，聽眾可能聽不太懂（翻譯的行為怎麼會像女人呢？）；若翻成「譯文有如婦女」，聽眾也可能聽不太順（整句太文言了）。但如果譯成「翻譯的文字就好比女人」，那就更清楚明白，更容易懂了。接著的兩句若譯成「如果她們是忠貞的，她們或許就不是美麗的。如果她們是美麗的，她們或許就不是忠貞的」，這樣的譯文放在廣播詞中就真的太冗長太囉嗦了（確實faithful but not beautiful）。如果譯成「忠貞的或許就不漂亮，漂亮的或許就不忠貞」，那就既簡潔也易懂了。

13.7 翻譯廣播稿確實是「達」比「信」更重要。為了「達」，有時就要多用成語或俗話來翻譯。[121]把“You took the words right out of my mouth”譯成「你把我嘴裡的話都拿去了」確實比不如譯成「你這句話正中下懷」。把“The Czechs find themselves astraddle. They acknowledge their future is inextricably bound to the Soviet Union's, yet…”譯成「捷克人民感覺到左右做人難，他們承認他們的前途跟蘇聯有難解難分的關係，可是…」。這樣的譯文確實把成語／俗話（「左右做人難」、「難解難分」）用到好處了。

13.8 新聞稿（script of news）是為報導新聞內容而寫的，它常常是「急就章」的文字，並非字斟句酌的文藝創作，所以往往不太講究風格，而只在意能否把訊息傳達出去。因此，翻譯新聞稿就像翻譯廣播稿一樣，也是「達」比「信」更重要，也是要多用成語或俗話來讓譯文容易懂。其實，新聞稿拿去電台、電視播報，便是廣播稿。只是新聞稿拿去報紙上或網路上刊登，便是把「聽」的東西變成「讀」的東西。因此，翻譯報紙或網路的新聞稿時，文字就不一定要像廣播稿那麼口語化（colloquial），多用文言

[121] 高克毅持有相同的觀點，本段所舉兩例子也是他的例子。見其〈廣播與翻譯〉，頁252-255。

或多求雅麗也未嘗不可。廣播稿裡不會把“Somebody put a stone on the table”譯成「某人置石於桌」，只會譯成「某人放個石頭在桌子上」。報紙的新聞稿裡，卻可以如此翻譯。

13.9 既然新聞稿的重點在於傳達訊息，翻譯新聞稿便是以訊息的精確度為最主要的考量，而可以稍微忽略其他的細節。引用別人的話語，當然要精確；翻譯那話語，也一樣要精確。至於翻譯論說、描寫、或敘述的文字時，在訊息正確的原則下，文字的細節便不用拘泥。翻譯新聞稿不能離譜到變成「改編新聞」，但也不必為了忠於原稿而把文字弄成拖泥帶水。的確，翻譯新聞稿的人一定要「有消化與重組（不是加添）材料的能力」，一定要「讓新聞稿成為讀者能夠吸收並且有助社會發展與生長的養料」。[122]

13.10 翻譯新聞稿要特別注意該新聞擬播報或刊登的地區，因為不同的地區有不同的用語。在台灣，“Obama”翻成「歐巴馬」，在中國大陸，它卻翻成「奧巴馬」；在中國大陸，“Reagan”翻成「理根」，在台灣，它卻翻成「雷根」。在翻譯的新聞稿裡，不但要讓人名符合當地媒體所流通的譯名，也要讓其他隨區而異的用語有因區而譯的效果。例如，假使新聞的譯稿要送去美國播報或刊登，「地鐵」、「足球」、「一樓」等可以翻成“subway,” “soccer,” “first floor”。但若要在英國播報或刊登，那些就必須改譯成

[122] 余也魯，〈從「傳理」論新聞翻譯〉，頁264。

"underground," "football," "ground floor"等，那才符合當地的說法。

13.11 學術論文（academic papers）或科技報告（technological reports）通常把理論與事實加以平鋪直敘而講求精確、清楚、與簡要。翻譯這種論文或報告，確實「詞藻在其次，文字要力求簡單易懂，但內容知識一定要正確無誤的譯出來。」[123]有時，不能用「字面翻譯」而造成含義上的困惑。例如，在一篇談「肉眼的視力」的文章裡，把"Beyond 1 mm milestone, we need an amplifying glass"譯成「越過了一糎的限界，我們就需要放大鏡了」，那是按字面把"Beyond"翻成「越過」。但中文「越過了一糎」通常是指「比一糎還多」，而肉眼不能看見的實際上是「比一糎還小」的「超小」，所以那句話的精確翻譯應該是「小於一糎時，我們就需要放大鏡」（見張樹柏，〈談談科技論文的翻譯〉，頁283）。

13.12 各種學門，不管自然科學或應用科學，不管人文學科或社會學科，反正各種學門以及各行各業都有其專門的術語（terminology）或行話（jargon）。把那些術語或行話用在言談中或寫在論文／報告裡，是不可避免的。翻譯時，那些術語或行話或許已經有了固定的、廣泛被接受的譯法，這時譯者通常要遵循那譯法，不能隨意另創譯法，免

[123] 張樹柏，〈談談科技論文的翻譯〉，載於劉靖之（編），《翻譯論集》，頁278。

得影響理解。例如，“heavy”是「重」，但“heavy-current,” “heavy duty rectifier,” “heavy cutting,” “heavy mortar,” “heavy ring,” “heavy soil”等，在各行各業裡是譯成「強電流」、「大功率整流器」、「原件切割」、「稠灰漿」、「承力環」、「粘質土」等，你不能自作主張把它們譯成「重什麼的」。[124]當然了，如果某一術語還沒有固定的、廣泛被接受的譯法，你自己便可以給它一個精確的譯法。又如果某一術語有兩個以上的固定譯法，你當然可以選擇一個比較妥當的譯法。有時，不同的譯法是用在不同的地區，那就必須因地而譯。例如，針對台灣，“laser”可以譯成「雷射」；針對中國大陸，可能就要譯成「激光」。

13.13 學術論文或科技報告通常是正式的文件（document），所以通常是用正式的風格（formal style）寫成的，不是用非正式的（informal）或口語的（colloquial）風格。因此，翻譯學術論文或科技報告時，也要跟著用正式的風格。例如，把中文論文譯成英文時，不宜用口語的“isn’t,” “can’t,” “wouldn’t,” “they’re,” “it’s”等來代替“is not,” “cannot,” “would not,” “they are,” “it is”等。同時，像「調查」、「容忍」、「鄙視」等，也不宜用講話的“look into,” “put up with,” “look down upon”等來翻譯，而最好用“investigate,” “tolerate,” “despise”等正式的字眼。

[124] 這些是吳仲賢的例子，見其〈科技術語譯名初探〉，頁1011。

13.14 各行各業的中、英文學術論文寫作，都有大家共同接受的格式與大家慣常使用的語言模式，翻譯時就要按照格式而使用慣常的語言模式。[125]例如，英文論文的標題，有時要注意「各字之首字母是否需要大寫」。另外，中文學術論文常有〈…之研究〉的名稱，英文的學術論文則很少有“A Study of…”之名稱。因此，許多〈…之研究〉，若翻成英文，大可不必翻出“A Study of”這三個字。例如，一篇名為〈人類免疫不全第一型病毒基因體的主要成分之研究〉的英文翻譯，大可是“The Main Components of the HIV-1 Genome”，而不是“A Study of the Main Components of the HIV-1 Genome”。

13.15 因為學術論文是很專門的東西，所以不是某學門、某行業的專家，最好避免翻譯該學門、該行業的文章，因為不是專家往往不知道應該如何翻譯某些遇到的術語或行話。就算是專家，翻譯時，有時也會記不得或不清楚某些術語或行話的翻譯。因此，翻譯學術論文或科技報告時，許多人都要參考相關學門或行業的（中英對照的）「術語彙編」。若手邊沒有此類書籍，上網用「搜索引擎」（search engine）查詢，或許也會有幫助。翻譯學術論文或科技報告，最忌諱的就是：光靠一本一般的漢英或英漢字典，就想翻譯到底。那樣的翻譯是容易出差錯的。

[125] 有關英文學術論文的寫作格式與慣常語言模式，可參考董崇選著，《英文學術論文寫作》(台北：秀威，2013) 一書。

作業

1. 下面是美國詩人John Crowe Ransom的詩作“Piazza Piece”以及該詩作的中文翻譯。[126]請仔細對照閱讀後，回答接著的問題。

Piazza Piece	披阿查片語
…I am a gentleman in a dustcoat trying	我是個紳士，穿上塵土外衣，努力著
To make you hear. Your ears are soft and small	要讓你聽見。你的耳朵又軟又小，
And listen to an old man not at all.	對老人家的話語，一點也聽不到，
They want the young men's whispering and sighing	它們要聽年輕人低訴著，嘆息著。
But see the roses on your trellis dying	但看看你棚架上那些玫瑰在逝去著，
And hear the spectral singing of the moon；	再聽聽那月兒正唱著魔鬼般的歌聲，
For I must have my lovely lady soon.	因為我很快就會要到那可愛的女人。
I am a gentleman in a dustcoat trying.	我是個紳士，穿上塵土外衣，努力著。
…I am a lady young in beauty waiting	我是個淑女，年輕美麗，一直等著
Until my truelove comes, and then we kiss.	要等到真愛來臨，然後我們才接吻。

[126] 有關此詩的中譯及解說，詳「懂更懂學習英文網站」之〈由文學名作學英文〉節目中的〔L 10〕。

But what grey man among the vines is this	但在蔓藤中，這是什麼個灰黑的人？
Whose words are dry and faint as in a dream ?	他的話語乾癟乏力，像夢中的語調。
Back from my trellis, Sir, before I scream !	先生，退離我的棚架吧，否則我要尖叫！
I am a lady young in beauty waiting.	我是個淑女，年輕美麗，一直等著。

a. 把這首詩的標題"Piazza Piece"譯成「披阿查片語」，而非「陽台的一首」，有沒有保留頭韻（alliteration）？「披」與「片」是否同樣以"p"音起頭？

b. 這一首陽台詩是一男一女在陽台上的對話，對話並不搭調。是不是男的一片衷心，女的一片絕情，形成衷心對絕情的「片語」（片面話語）？

c. 這是一首「前一段八行，後一段六行」的意大利十四行詩（Italian sonnet）。這個中文翻譯，是否同為「前八後六」的兩段？

d. 這首詩的原文有abba, acca, deeffd 的韻腳排場（rhyme scheme），譯文也試圖跟著要有同樣的韻腳排場嗎？

e. 這首詩也是一齣小小的陽台行動劇，一位自稱紳士的老不羞老在陽台上向年輕的女士搭訕追求，可是那女士卻不聽乾癟乏力的老人言，只想聽年輕人的低訴歎息，要等到真愛來才接吻，而且威脅要用喊叫來嚇退那老頭。在原文中，老紳士穿的dustcoat是指「塵土顏色的外衣」或「沾上塵土的外衣」或「塵土做成的外衣」？如果老紳士是死神（Death）的化身（跟塵土形成的墳墓相關連），"dustcoat"是不是前述三種含義都可能兼具？把它譯成「塵土外衣」是不是比「塵土顏色的外衣」、「沾上塵土的外衣」或「塵土做成的外衣」更為含糊多義而更為恰切？

f. 這首詩點出一個人生的反諷（irony）：年輕女子常常要一直等下去，要等到如意郎君才肯嫁，但玫瑰易謝，死神即來，貌美終歸要嫁給死纏著她的、灰黑的死神。想像中，這種「男的不斷死纏，女的不斷等待」的場面一直在上演著，所以原文第一行行尾的"trying"重出在第八行的行尾，而第九行行尾的"waiting"也重出在第十四行的行尾。這種「重出」（refrain）的手法，在譯文中也同樣表現出來了嗎？

g. 原文中，有許多字帶有m, n, ng的鼻音，那可加強聲音不斷共鳴迴繞的感覺。譯文裡也有許多字帶有 m, n, ng的鼻音嗎？原文中也有許多字帶有s, z的「絲絲音」，影射耳邊的細語或鬼怪的輕聲。譯文中同樣有許多字帶有s, z的「絲絲音」嗎？譯文裡沒有這些音響效果，是不是翻譯時「顧不到的環節」或「不得已的犧牲」？

2. 下面是美國林肯總統（President Lincoln）蓋茲堡演講詞（Gettysburg Address）的全文以及它的中文翻譯。請仔細對照閱讀後，回答接著的問題。

Fourscore and seven years ago our fathers brought forth on this continent, a new nation, conceived in Liberty, and dedicated to the proposition that all men are created equal.

四個二十加七年以前，我們的父老在這塊大陸上帶來了一個新國家，使之孕育在自由之中，而奉獻於人人生而平等的主張。

Now we are engaged in a great civil war, testing whether that nation, or any nation so conceived and so dedicated, can long endure. We are met on a great battle-field of that war. We have come to dedicate a portion of that field, as a final resting place, for those who here gave their lives that that nation might live. It is altogether fitting and proper that we should do this.

現在我們正在從事一場大的內戰，正在測試：那個國家，或任何如此孕育、如此奉獻的國家，是否能夠長久持續。我們相遇在那場戰爭的一個大戰場上。我們來奉獻那戰場的一部分，把它做為最後的安息所，給那些為了讓那個國家存活而在此犧牲生命的人。我們這麼做，是完全合適、妥當的。

But, in a larger sense, we can not dedicate—we can not consecrate—we can not hallow this ground. The brave men, living and dead, who struggled here, have consecrated it, far above our poor power to add or detract. The world will little note, nor long remember what we say here, but it can never forget what they did here. It is for us the living, rather, to be dedicated here to the unfinished work which they who fought here have thus far so nobly advanced. It is rather for us to be here dedicated to the great task remaining before us—that from these honored dead we take increased devotion to that cause for which they gave the last full measure of devotion—that we here highly resolve that these dead shall not have died in vain—that this nation, under God, shall have a new birth of freedom—and that government of the people, by the people, for the people, shall not perish from the earth.

不過，從大一點的意義來說，我們不可能奉獻——我們不可能尊崇——我們不可能神聖這塊土地。那些勇敢的、在此奮鬥過的人，活著的和死去的，他們已經讓它神聖了，他們的奉獻遠比我們小小的力量所能加減的還多得很多。世人不會多加注意，也不會長久記得我們在此所說的話，可是卻永遠不可能忘掉他們在此所做的事。更合宜的是：我們這些活著的人應該在此奉獻於那未完成的工作，也就是他們在此打仗而到目前如此崇高拓展了的工作。我們是更應該在此奉獻於留在我們前面的大任務——好讓我們能夠隨從這些光榮的死者而更加奉獻於他們最後做出全心奉獻的那個理想——好讓我們在此能夠高度地下定決心不讓這些死者死得枉然——好讓這個國家，在神的庇佑之下，會有個新生的自由——好讓民有、民治、民享的政府不會從這地上消失。

a. 這篇演講詞的內容很嚴肅，演講的口氣（tone）也很嚴肅，整個用字、句法確實屬於正式的風格，而有正式、嚴肅的效用。請問這個中文翻譯是否也一樣有正式、嚴肅的感覺？

b. 把“fourscore and seven years ago”譯成「四個二十加七年以前」，比譯成「八十七年前」，除了更像直譯以外，是否更正式、更不口語？

c. 把“fathers”譯成「父老」，而非「父親」，是否更合上下文的含義？

d. 把“conceived…equal”譯成「使之孕育在自由之中，而奉獻於人人生而平等的主張」，顯然補進「使之」這兩個字來使文意更加清楚通順。這是不是為了「達」而採用的「增譯法」？

e. 英文會把抽象名詞（通常大寫其首字母）擬人化（personified），如把“Courage”和“Kindness”分別當成男性和女性，而用“he”和“she”來當它們的代名詞。中文卻沒有這種習慣。在這篇演講詞裡，“Liberty”顯然被擬人化了，而暗中把它比成會懷孕（conceive a child）的女人，認為美國的父老們（our fathers）使美國這個新國家（像一個胎兒）孕育在「自由」的懷中。可是，翻譯時，中文當然不能同樣用「大寫字母」（a capital）來表示擬人化。不過，在「使這個新國家孕育在自由中」這個譯文裡，是不是也暗中把自由比成會懷孕的女人？

f. 把“The brave men, living and dead, who struggled here, have consecrated it, far above our poor power to add or detract.”譯成「那些勇敢的、在此奮鬥過的人，活著的和死去的，他們已經讓它神聖了，他們的奉獻遠比我們小小的力量所能加減的還多得很多」，是不是調整了一些字詞語句的順序？是不是也加進「他們」和「他們的奉獻」來使文句更為清楚通順？

g. 英文“cause”通常指「原因、緣由」，但有時指眾人支持的

「運動、理想」。在這演講詞裡，“cause”應譯成「原因」或「理想」比較對？

h. 把“have a new birth of freedom”譯成「有個自由的新生」或「有個新生的自由」比較好？

3. 在2014年11月11日，*The New York Times International Weekly*登載一篇叫“A Wearable Technology That Fits Just Like Skin”的文章。該文章的前兩段為：

It is almost certain that the next era of computing will be wearables. But it is commensurately uncertain what these wearables will be and where on your body they will be worn.

Apple and Samsung, for example, are betting on the wrist；Google, the face. Some tech companies believe clothing will simply become electronic. Yet there's a whole new segment of start-ups that believes we humans will become the actual computers, or at least the place where the technology will reside.

這篇文章的標題被譯成〈穿戴科技如皮膚般貼身〉，而該文章的前兩段被譯成如下：[127]

[127] 此中文翻譯附在當天為聯合報精選的台灣版*The New York Times International Weekly*

我們幾可確定，電算的下一個年代會屬於穿戴型產品。至於這些產品會是什麼，又會穿戴在人體何處，卻同樣無法確定。

例如，蘋果和三星押注手腕，谷歌則是臉部。有些科技公司認為衣服會電子化。但有全新一批新創公司認為，人類會變成實體電腦，至少會成為穿戴科技的居所。

請問：

a. 把標題"A Wearable Technology That Fits Just Like Skin"譯成〈穿戴科技如皮膚般貼身〉，好不好？如果譯成〈有如皮膚般貼身之一種穿戴科技〉，或許會更像英文的語法，但會更通順嗎？如果要口語化一點，是不是可以譯成〈穿戴科技就像皮膚一般貼身〉？

b. 這兩段中文翻譯，以新聞稿的標準來看，是不是「大體上沒走漏訊息」，而且「字詞清晰、語句明白」？

c. 如果要把這新聞稿拿去電台播報，為了「讓聽眾容易聽懂」，是否可以考慮把譯文進一步清晰化、口語化？例如譯成：

我們幾乎可以確定，電腦科技的下一個年代會走到穿戴型的產品。不過，我們卻照樣無法確定，這些產品會是什麼東

第5頁，譯者不詳。原文作者為 Nick Bilton，原文印在 Page 10。

西，又會穿戴在人體的什麼部位。

例如，蘋果和三星把穿戴科技賭在手腕上，谷歌則是押在臉部。有些科技公司相信衣服將會電子化。但有全新的一批新創公司卻認為，我們人類會變成實體的電腦，至少整個人體都會成為穿戴科技停留的地方。

d. 以「谷歌」譯“Google”，是在中國大陸流行而定下的譯名，但那並非很恰當。[128]但在大家都譯成「谷歌」時，你不贊同也只好跟隨，不是嗎？

4. 下面是一段有關「核能電廠」的科學評論，其原文如下：

按照愛因斯坦的對等理論，我們知道E＝MC^2，E為能量，以爾格計；M為質量，以公克計；C為光速，以釐米／秒計。這意謂：一公斤的物質，如果全部變成能量，會產生25,000,000,000千瓦特時的能量。據估計，這個能量，幾乎等於燃燒一公斤純煤所產生的總能量的300,000,000倍。這估計接著意謂：為了電力，我們大可讓一般鈾礦（U-234, U-23, 和U-238的混合物）引起連鎖反應進而獲取核能。只是，在核分裂的過程中，我們必須藉由使用慢速中子來控制原子能的釋放。於是，留下的唯一問題是：一個發電廠，儘

[128] 關於“Google”（和“Yahoo”）譯名的討論，請參看「懂更懂學習英文網站」之〈聊英誌異〉節目中的〔聊 33〕。

管有良好的設計、建造、和設備，它對釋放那樣的原子能，能保證有百分之百的安全控制嗎？

若把這段中文譯成如下的英文：

According to Einstein's theory of equivalence, we know E＝ MC^2, where E is the energy in ergs, M is the mass in grams, and C is the velocity of light in centimeters per second. This means that 1 kilogram of matter will produce 25,000,000,000 kilowatt-hours of energy if it is entirely converted into energy. It is estimated that this amount of energy is nearly equal to 300,000,000 times the total amount of energy produced by the combustion of 1 kilogram of pure coal. This estimate, in turn, means that it is highly practical to obtain nuclear energy for power purposes by setting up a chain reaction in ordinary uranium（a mixture of U-234, U-235, and U-238）. It is only that in the process of nuclear fission, we need to control the release of atomic energy by the use of slow neutrons. What remains, then, is only this question： Can a power station, with all its good design, construction, and equipment, gurantee 100% safety control of the release of such atomic energy？

請問：

a. 這譯文（如同原文一樣）符合學術論文所要求的三標準（精確、清楚、與簡要）嗎？

b. 這譯文裡的術語翻譯包括：對等理論／theory of equivalence，能量／energy，質量／mass，光速／velocity of light，核能／nuclear energy，連鎖反應／chain reaction，核分裂／nuclear fission，慢速中子／slow neutrons等。這些術語都譯對了嗎？

c. 這譯文裡也有不少計量單位的翻譯，包括：爾格／erg，公克／gram，釐米／centimeter，公斤／kilogram，千瓦特時／kilowatt-hour等。這些也都譯對了嗎？

d. 如果把"It is estimated that…"改成"It's estimated that…"，這仍合乎「論文採用正式風格（非口語風格）」的成規嗎？

e. 把「燃燒」譯成"combustion"而非"burning"，是不是選用比較正式的字眼？

f. 科學文章一樣要遵守一般的文法。這譯文有文法錯誤嗎？第一句（According to Einstein's theory of equivalence, we know $E=MC^2$, where E is the energy in ergs, M is the mass in grams, and C is the velocity of light in centimeters per second.）裡，把"where"去掉，可以嗎？把三個"in"都改成"by"，可以嗎？

[作業參考答案及提示]

1. a.有，是 b.是 c.是 d.是的 e.此三種含義都有，是，是 f.是的 g. 沒有，沒有，是「顧不到的環節」與「不得已的犧牲」
2. a.是 b.是 c.是 d.是 e.是 f.是，是 g.「理想」 h.「有個新生的自由」
3. a.好，不會更通順，是 b.是 c.是 d.是
4. a.是 b.是 c.是 d.不 e.是 f.沒有，不可以，不可以

第十四章　中、英翻譯常犯的錯誤

講解

14.1　翻譯很難避免錯誤。錯誤有大有小，有的是大錯特錯，有的只是稍微不妥不佳。就算飽學碩識、精通語言的人，在進行口譯、筆譯、看譯、或聽寫翻譯時，都偶爾會疏忽，會犯翻譯的錯誤。翻譯的錯誤包括音譯時「沒把音譯準」：例如把"Said"這個姓譯成「謝德」，而非近似「薩伊德」。此外，把詩行的韻律、韻腳、頭韻、或其他音響效果忽略了（沒譯出）或譯歪了（不如原詩行的聲音結構），也算音譯的錯誤。形譯時，把原本老虎形的一首具象詩譯成一條狗的形狀，當然是錯誤的翻譯。此外，忽略或譯錯詩體（如heroic couplet或sonnet）、節式（如ballad stanza或 Spenserian stanza），當然也是形譯的錯誤。在該採用「境譯」時，用了直譯，同樣很可能會造成錯誤。例如，把斥責人家胡說的「放屁！」譯成"Pass your wind！"（而非類似"What crap！"），便是境譯的錯誤。[129]

[129] 據說賽珍珠（Pearl Buck）翻譯《水滸傳》時，便犯了這種錯誤。見柯平《英漢與

14.2 翻譯的錯誤，在意譯時最常發生。意譯時發生的錯誤有很多種。用字不當或用詞錯誤，是很常見的一種。把「我不舒服」譯成“I am uncomfortable”（而非“I am sick”），把“colonists”譯成「殖民主義者」（而非「殖民者」），把「起先」譯成“First”（而非“At first”），把“a vacant room”譯成「一個空空的房間」（而非「一個沒人用的房間」），這些都是用字用詞錯誤或不當的例子。許多字詞的錯譯，是因為誤解引起的。在講戰場的上下文裡，看到“a standard”或“the colors”這種字詞時，那可能都是指「軍旗」，但都常被誤譯成「標準」與「顏色」。拜祖先時所燒的「紙錢」，不是紙鈔、支票之類的“paper money”，而是給亡靈（the departed spirits）用的“Joss／joss paper”或“ghost／spirit money”，這可是不小心往往就會譯錯。

14.3 許多人確實常常誤以為某個字詞就是有固定的某個意思，因而誤以為某個中文字詞就是固定等同於某個英文字詞。這個錯誤的觀念，便是譯錯字詞的主因。例如，把「濃」等同“thick”的人，會把「濃咖啡」（strong coffee）誤譯成“thick coffee”。把「經濟的」等同“economic”的人，會把張家的「經濟困難」（financial difficulty）誤譯成“economic difficulty”。同樣的，永遠把“natural”等同「自然的」，便會把“his natural daughter”（「他的私生女兒」）誤譯成

漢英翻譯》，頁230。

「他的自然的女兒」。永遠把"fast"等同「快」，便會把"fast asleep"（「睡得很熟」）誤譯成「睡得很快」。

14.4 中、英文都有所謂「同義字」（synonym）。分辨不清同義字的含義與用法，便會用字錯誤。把「帶她去看電影」譯成"bring her to a movie"，便是分不清"bring"是「帶來」而"take"才是「帶去」。把「影響健康」譯成"influence health"，便是分不清"influence"是「帶來變動的影響」而"affect"才是「帶來（身體）傷害的影響」。把"cultural exchange"翻成「文化互換」而非「文化交流」，便是不懂「交流」才有「互訪交換」的含義。

14.5 中文的「群」翻成英文時，不能老是"group"。「一群魚」是"a school of fish"，「一群蜜蜂」是"a swarm of bees"，「一群狗」是"a pack of dogs"，「一群牛」則是"a herd of cattle"。 中文說雞鳴狗吠、虎嘯猿啼、鶴唳鵲噪，說燕語呢喃、鹿鳴呦呦、蟲聲唧唧。同樣的，英文說 a duck quacks, an elephant trumpets, a lion roars, a lamb bleats, a frog croaks, a donkey brays, a sparrow chirps, a swallow twitters 等。[130] 翻譯時，不懂變換這種字眼，便會犯錯。把「一群蒼蠅嘖嘖叫」（a swarm of flies buzzing）翻成"a group of flies chirping"，是不妥；把"a pack of hounds baying"（一群獵狗在狂吠）翻成「一組獵狗在啼叫」，也是不妥。

[130] 在中啟社編委會所編的《英文作文與翻譯》之頁334-337，列有各種鳥獸以及代表其發出叫聲的英文動詞，很值得參考。

14.6 翻到行話、術語、或物種名稱時，不懂它真正的含義或指涉，而只照字面翻，那也很容易造成錯誤。例如，把電腦的“drive”（碟／槽／驅動器）說成交通的「車道」，便是離譜的翻譯。把電腦的“monitor”（顯示器／螢幕）或無線電的“monitor”（檢音器／監聽器）都說成「監督者／勸戒者」，那也是離譜。同樣的，把汽車的「汽門」（valve）說成“gas door”（=fuel door加油口蓋），或把植物中的「杜鵑花」（azalea）說成“cuckooflower”（酢漿草），那也是粗心到離譜。

14.7 不懂文化差異，也常常會造成字詞翻譯的錯誤。在中國，「蛾眉」（如蛾般彎細而長之眉）被認為是美女的特徵，也被用以代指「美女」。可是，在西洋，並沒有這種文化的現象。所以，把「蛾眉」直譯成“moth-eyebrows”給洋人看，他們不會聯想到美女。因此，當白居易用「蛾眉」來指涉楊玉環而在〈長恨歌〉裡說「宛轉蛾眉馬前死」時，你若把它譯成“Till under their horses' hoofs they might trample *those moth-eyebrows*”，[131]那就是不妥，就是犯了「信而不達」的錯誤。另外，在中國文化裡，「老王」確實只是對「王某人」的親切稱呼，而不是形容他「年老

---

[131] 此譯法出現在Cyril Birch, et al. eds. *Anthology of Chinese Literature*（New York：Grove, 1980-81）, 1st vol., p. 267.關於這個錯誤，柯平已有述及。見其《英漢與漢英翻譯》，頁227。這裡的「蛾眉」或許可以譯成“the beauty（that has moth-like eyebrows）”。

或蒼老」，所以不好把「老王」譯成“Old Wang”；[132] 或許譯成“Our（dear）Wang”會更接近原意。在西洋，家人常聚在“the hearth”（爐床）邊，一起享受家庭的溫暖。因此，“the hearth”常常是「溫暖家庭」的代稱。也因此，“He longed for his own hearth”不宜譯成「他想念他自己的爐床」，而譯成「他想念自己（溫暖）的家」會比較妥當。

14.8 文字有雅俗之分，把正式的用語譯成非正式的用語，或把粗俗的俚語翻成莊重的文言，都是不對等、不夠信，而可能不妥。例如，把飛機「在天上飛」譯成“flying in the welkin”（飛於蒼穹），那是可笑的用詩歌字眼“welkin”（蒼穹）來取代平常的字眼“sky”（天空）。又如，把俚語「翹辮子」（約略＝kick the bucket）譯成雅言“pass away”（過世），那也不對等。其實，許多人不明特殊的雅言或俗語，往往會按字面亂翻譯而造成錯誤。例如，把“sailing the main”（航行於海洋）譯成「航行在主航道」，便是不知詩歌中的“the main”是指「海洋」。而把“You're nuts”（你 [們]瘋了）譯成「你 [們]是核果」，便是不知俚語中的“nuts”是指「發瘋」（mad）。同樣的，把「三八」翻成“three eight”，便是不知俚語中「三八」是奇言怪行、傻勁可笑的“nutty”。

14.9 同一個觀念，中文和英文有時會用類似的字詞來表達，有

[132] 關於這點，柯平也有述及。見其《英漢與漢英翻譯》，頁229。

時則用極不同的字詞。因此，翻譯時，有時可就字面直譯，有時則不行。例如，英文“black market”可譯成「黑市」，但“He is the black sheep”卻不能直譯成「他是黑羊」，而應譯成「他是害群之馬」。不懂這種語言差異因而就字面直譯，便是常犯的一種錯誤。其他的例子有：把「吹牛」（talk horse）誤譯成“blow cow”，把「黃色電影」（blue movies）誤譯成“yellow movies”。或把“Adam's apple”（喉結）誤譯成「亞當的蘋果」，把“apple of the eye”（掌上明珠）誤譯成「眼睛的蘋果」。

14.10 中、英翻譯，除了用字用詞的問題之外，最常犯的錯誤就是語法／文法（grammar）不正確。其實，字詞的選擇也是語法／文法的一環。例如，不熟悉中文的人可能不知道：「文言的中文」（written Chinese）可以說「一馬」（如「一馬當先」），但「口語的中文」（spoken Chinese）卻不說「一馬」而說「一匹馬」（如「騎著一匹馬」）。更麻煩的是：像「匹」這樣的「類詞」（classifier），在中文裡隨時會有變化：一隻青蛙、一張嘴、兩個眼睛、四條腿，一個人坐上一台汽車、一艘輪船、一架飛機，拿著一把扇子，提著一床被。[133]因此，不熟悉中文的洋人常把“a house, a table, a pen, etc.”誤譯成「一

[133] 中文的「類詞」，英文叫classifiers, individual measures, numeratives, numerary adjuncts等，其變化隨所接的名詞而異。其種類及用法，可參看Chao, *A Grammar of Spoken Chinese*, pp. 584-620。

個房子、一個桌子、一個筆等」。這就像不熟悉英文的華人一律把「群」譯成"group"一樣。

14.11 英文的名詞有可數（C）或不可數（U）之分，可數的名詞又有單數（s.）或複數（pl.）之別。中文的名詞卻沒有那種分別，也往往不在話語中顯示那種分別。因此，中文翻英文時，弄不清C or U或s. or pl.便是常犯的一種錯誤。例如，如果把「你必須留下訊息」譯成"You must leave message"，便是不知道英文"message"是C（應說"You must leave a message"）。又如果把「他已給我們帶來了訊息」譯成"He has brought us an information"，便是不知道英文"information"是 U（應說"He has brought us information"）。又如，「我們不信他的話」應該譯成"We distrust his words"。若譯成"We distrust his word"，便是不知道當「話語」含義的「話」是可數而且常是複數的"words"。相對的，「他送／帶話說…」應該譯成"He sent／brought word that…"。若譯成"He sent／brought words that…"，便是不知道當「訊息」含義的「話」是不可數的"word"。

14.12 英文的名詞常跟冠詞（a, an, the這三個字）的用或不用，牽扯在一起。中文講話，常省去冠詞；英文講話，則因情況不同而有用或不用冠詞以及用a（n）或用 the的複雜變化。因此，英文不夠好的人，在把中文翻成英文時，往往會犯冠詞的錯誤。例如，把「她戴新帽」譯成"She wore new bonnet"而非"She wore a new bonnet"，把「我們注意她」譯成"We paid an attention to her"而非"We paid attention to her"，把「不同的行動有不同的結果」譯成"The different actions have the different results"而非"Different actions have different results"，把「貓在廚房裡」譯成"Cat is in kitchen"或"Cats are in kitchens"而非"The cat is in the kitchen"或"The cats are in the kitchen（s）"，像這些誤譯都是牽涉到冠詞的用法。

14.13 英文的動詞，一旦出現在句子中，便要用時態（tense forms）的變換來跟時間（time）、語態（voice）、語氣（mood）等相關聯。相對的，中文的動詞並不變換形態。因此，英文不夠好的人，在把中文翻成英文時，往往也會犯動詞形態的錯誤。例如，把「他發現那房子是空的」譯成"He finds the house empty"（而非"He found the house empty"），把「抱歉，讓你久等了」譯成"Sorry to keep you waiting so long"（而非"Sorry to have kept you waiting so long"），把廣播詞「我們即將抵達台中站」譯成"We shall arrive at the station of Taichung"（而非"We shall soon be arriving at the station of Taichung"），把「這車子很容易開」譯成"The car is driven easily"（而非"The car drives easily"），把「你準備好要考試了嗎？」譯成"Do you prepare well for the exam？"（而非"Are you well prepared for the exam？"），把「如果你去年聽我的話，你現在將

是百萬富翁」譯成“If you took my advice last year, you will be a millionaire now”（而非“If you had taken my advice last year, you would be a millionaire now”），或把客氣的「我會這麼說」譯成“I shall say so”（而非“I should say so”）。

14.14 英文的動詞有及物（transitive, vt.）或不及物（intransitive, vi.）之分。英文的句子，按照其動詞之後有無接上受詞（object）或補語（complement）的各種樣式，可以分成五種基本句型，或進一步細分成二十五種句型，或甚至900或3000句型。[134]問題是：中文的句法（syntax）和英文不盡相同。英文不夠好的人，按照中文的句法來把中文翻成英文，便容易產生（與英文動詞有關的）不合英文句型的句子。例如，把「他已拒絕了」譯成“He has rejected”（而非“He has rejected it”），把「她信賴母親」譯成“She confides her mother”（而非“She confides in her mother），把「你最好避免去打擾他」譯成“You had better avoid to disturb him”（而非“You had better avoid disturbing him”），把「我建議你辭職」譯成“I suggest you to resign”（而非“I suggest that you [should]resign”），把「我不羨慕你有那個職位」譯成“I do not envy you to have that position”（而非“I do not envy you that position”），把「他認為不可能成功」

[134] A. S. Hornby就把句型分成25種（見其所著*A Guide to Patterns and Usage in English*或其所編*Advanced Learners Dictionary of Current English*），坊間也曾流行有幾冊*English 900*這本書。

譯成“He thought impossible to succeed”（而非“He thought it impossible to succeed”），把「他花三天來研究這本書」譯成“He spent three days to study the book”（而非“He spent three days studying the book”），或把「我不喜歡你干預我的事」譯成“I dislike（that）you meddle in my affairs”（而非“I dislike your meddling in my affairs”）。

14.15 英文的介系詞（prepositions）有很多字，在許多場合，用或不用，用這個或用那個，都是一大問題：有時兩者皆可，只是含義不同；有時只用其一，因為那是習慣。英文不夠好的人，若進行中翻英，便常發生介系詞的錯誤。例如，把「火車正接近月台」譯成“The train is approaching to the station”（而非“The train is approaching the station”），把「這藥能免除你那種痛苦」譯成“This medicine can relieve you that pain”（而非“This medicine can relieve you of that pain”），把「那機器我很熟悉」譯成“The machine is familiar with me”（而非“The machine is familiar to me”），把「他驚訝於那消息」譯成“He is surprised by the news”（而非“He is surprised at the news”），把「我大他十歲」譯成“I am senior to him for ten years”（而非“I am senior to him by ten years”），或把「他們問到有關伊波拉病毒的戰鬥」譯成“They asked about the fight of Ebola”（而非“They asked about the fight against Ebola”）。

14.16 英文的其他詞類（代名詞、形容詞、副詞、連接詞等），也都有許多用法不同於中文，因此在翻譯時大家很容易受到母語習慣的影響，而造成錯誤或不妥的翻譯。例如，把「你的那些朋友」譯成"your those friends"（而非"those friends of yours"），把「不要用你不懂其含義的字」譯成"Do not use the words that you do not know its meaning"（而非"Do not use the words *whose meanings* [或 *the meanings of which*]you do not know"），把「你很難知道那祕密」譯成"You are difficult to know the secret"（而非"It is difficult for you to know the secret"），把「害怕的人就是丟臉的人」譯成"An afraid man is an ashamed man"（而非"A man afraid is a man ashamed"），把「你的膚色比她白」譯成"The color of your skin is whiter than she"（而非"Your skin is fairer than hers"），把「那樣的低價格是無處可找」譯成"Such low price is no place to find"（而非"Such a low price is nowhere to be found"），把「你能及時到那裡嗎？」譯成"Can you get to there in time？"（而非"Can you get there in time？"），把「不管你是男或是女」譯成"no matter you are male or female"（而非"no matter whether you are male or female"），或把「你的哥哥和你的姊姊都不是我們的會員」譯成"Your brother and your sister are all／both not our members"（而非"Neither your brother nor your sister is our member"）。

14.17 的確，不管是用字或語法的問題，大家最常犯的翻譯錯誤就是按母語的說話習慣來把話翻成外語，結果便產生所謂「中文式的英文」或「英文式的中文」。例如，英文不好的華人會把「兩報告都不令人滿意」譯成“Both reports are not satisfactory”（而非“Neither report is satisfactory”），把「台北和高雄的天氣不一樣」譯成“The weather is different in Taipei and Kaohsiung”（而非“The weather in Taipei is different from that in Kaohsiung”），把「為了平衡男女的出生率」譯成“in order to balance the birthrate of males and females”（而非“in order to balance the birthrate of males with that of females”），把「在你入境十天之內」譯成“during the ten days of your arrival ”（而非“during／within the first ten days after your arrival”或“during／within your first ten days after arrival”），把「能邀請你來參加這個典禮是我們的榮譽」譯成“It is our honor to invite you to this ceremony”（而非“It is our honor to have you come to this ceremony”），把「每個角色之間都有誤會」譯成“There are misunderstandings between each character”（而非“There are misunderstandings between any two of the characters”），把「你必須分開甲和乙」譯成“You must separate A and B”（而非“You must separate A from B”），把「人類通常喜歡大」譯成“Human usually likes big”（而非“Mankind usually likes bigness”），把「閱讀的時候，音樂不會讓我分心」譯成“When reading, music does not let me distracted”（而非

"Music does not distract me from my reading"或"When I read, music does not distract my mind／attention"），把「任何人都不許進入那房間」譯成"Any man is not allowed to enter the room"（而非"No man is allowed to enter the room"），把「在家很舒服」譯成"At home is comfortable"（而非"Life at home is comfortable"），把「甲和乙很類以」譯成"A and B are similar"（而非"A is similar to B"），把「他已被捕超過二十年」譯成"He has been captured over twenty years"（而非"He has been held captive over twenty years"），或把「你不該在班上傳了教」譯成"You should not preach any religion in the class"（而非"You should not have carried on any missionary work in class"）。[135]

14.18 中文不夠好的洋人，把中文譯成英文時，也會受英文的影響，結果譯出英文式的中文。例如，把"You go first"譯成「你走先」（而非「你先來」），把"It is not right that you should think of pulling my leg"譯成「它是不對的，你會想拉我的腿」（而非「你竟想捉弄我，那是不對的」），把"I couldn't care less"譯成「我不能在乎更少」（而非「我一點也不在乎」），把"Please remember me to your wife"譯成「請記得我，對你太太」（而非「請代向嫂夫人致意」），把"You cannot be too careful in crossing the street"

[135] 類似以上的錯誤，在「懂更懂學習英文網站」之〈英文診療室〉節目中，有更多的案例與說明，大家可進去參看。

譯成「過街時你不可能太小心」（而非「過街時你儘管小心好了」），把“They inspected the car for abnormalities”譯成「他們檢查車子為的是不正常」（而非「他們檢查車子看看有沒有不正常」），把“Sorry, we have no use for you”譯成「抱歉，我們沒有用處給你」（而非「抱歉，我們不能用你」），或把“It is six of one and half a dozen of the other”譯成「那是一個六和另一個半打」（而非「兩個是半斤八兩」）。[136]

14.19 要把中、英翻譯常犯的錯誤講完，那是不可能的。我們在此能提到的類型與案例，也是非常有限。其實，許多談論翻譯的著作都會提供許多「翻譯不當」的例子，有心要避免重蹈覆轍的人，大可多看一些那種著作。[137]不過，想要完全避免錯誤，就必須先要飽學碩識、精通語言與文化、而且累積許多翻譯的經驗，那樣才有可能辦得到。

[136] 類似以上的錯誤，在「懂更懂學習英文網站」之〈中英翻譯能力測驗〉節目中，有更多的案例，大家可進去參看。

[137] 例如黃宣範《中英翻譯：理論與實踐》一書便提供許多例子，講到容易譯錯的英文與中文。

作業

1. 下面各題的詞語翻譯，請研究哪個比較正確／妥當：

   a. Brecht, the playwright

   （甲.劇作家布列奇特　乙.劇作家布列赫特）

   b.「請先。」

   （甲. “After you.”　B. “You first.”）

   c. An army 200,000 strong

   （甲.足足20萬的軍隊　乙.對抗20萬的軍隊）

   d. 在六點正

   （甲.at 6 o’clock exact　乙.at 6 o’clock sharp）

   e. a ghost writer

   （甲.一個鬼作家　乙.一個捉刀代寫的人）

   f. 當血凝固時

   （甲.when the blood freezes　乙.when the blood clots）

g. a standing ovation

（甲.一陣起立鼓掌 乙.一陣持續的掌聲）

h. 去那裡配眼鏡

（甲.went there to be fitted for glasses 乙.went there to be fixed with glasses）

i. cannot be overestimated

（甲.不可以高估 乙.怎麼估都不為過）

j. 失業

（甲.out of job 乙.out of employ）

k. be otherwise engaged

（甲.另有要事 乙.另有婚約）

l. 三十歲以上

（甲.over thirty years old 乙.thirty years old and above）

m. "No Dress"（聚會邀請卡上的註記）

（甲.不用打扮 乙.服裝不拘）

n. 三字經（罵人的）

（甲.three-word classics 乙.four-letter words）

o. entertained her with delicacies

（甲.以佳餚款待她 乙.讓她吃好吃的東西）

p. 打電話來請病假

（甲.called in sick 乙.called for sickness）

q. followed suit.

（甲.依樣行事 乙.隨即穿衣）

r. 油漆未乾！

（甲.Wet paint！ 乙.Fresh paint！）

2. 下面各題的句子翻譯，請研究其關鍵部分哪個比較正確／妥當：

a. I am afraid it is a malignant growth.

恐怕那是（甲.不良的成長 乙.惡性腫瘤）。

b. 他們同行不同心。

They are（甲.of a trade, but not of a mind 乙.of the trade, but not of the mind）.

c. The zipper is good and stuck！

這拉鍊（甲.又好又緊 乙.卡得好緊）啊！

d. 我正在看「本月好書」。

I am reading the（甲. “Good Book of the Month” 乙. “Good Book of This Month”）.

e. It is no other than trying to fit the Procrustean bed.

那無異於想要（甲.削足適履 乙.適合普羅克拉斯替的床）。

f. 這校園遭受嚴重的損害。

The campus （甲.suffered 乙.suffered from） severe （丙.damage 丁.damages）.

g. It never occurred to me that he was a confidence man.

（甲.我從沒想到 乙.我無法証實）他是（丙.守信的人 丁.騙子）。

h. 他先被控偷竊，後被控殺人而遭到逮捕。

He was first charged（甲.of 乙.with）theft, and then arrested on a charge（丙.of 丁.with）murder.

i. Given that the radius is 4 centimeters, find the circumference.

（甲.給予　乙.假定）半徑4公分，（丙.找出　丁.試求）其圓周。

j. 他下馬而把馬綁到樹幹。

He（甲.alighted　乙.alighted the horse）and（丙.bound 丁.hitched）the horse to（戊. tree trunk　己. a tree trunk）.

k. I know I'm losing my head, but I can't help it.

我知道我（甲.沒頭沒腦　乙.慌張失措），但我（丙.幫不了忙　丁.不由自主）。

l. 經過三思，他當場承認那張是廢票。

Upon（甲.second　乙.third）thoughts, he admitted（丙.now and then　丁.then and there）that the ticket was（戊. wasted　己. void）.

3. 下面各題的句子翻譯，請研究哪個版本比較正確／妥當：

a. In Hong Kong, you know, there are shopkeepers and shopkeepers.

甲.在香港，你知道的，開店的形形色色，有這種有那種。

乙.在香港，你知道的，店員非常多，到處可見。

b. 我已離開家鄉五年了。

甲.I have left my hometown for five years.

乙.It has been five years since I left my hometown.

c. She scolds me now for this and now for that.

甲.她一會兒罵我這個，一會兒罵我那個。

乙.她現在罵我既是為這個，也是為那個。

d. 實驗室不許帶食物飲料。（牆上標語）

甲.Bring no food or drink in the lab.

乙.No foods and drinks in the lab.

丙.Take neither foods nor drink in the lab.

丁.No food and no drinks in the lab.

e. He draws a good bow, but drives a poor car.

甲.他拉一手好弓，但開車很爛。

乙.他拉一支好弓，但開一輛爛車。

f. 觀棋不語真君子。

甲.To watch a chess game without speaking is a true gentleman.

乙.In watching a chess game, he who keeps silent is a true gentleman.

g. I'd die before I see the movie out.

甲.在我看到那影片出來以前，我就已經死了。

乙.我寧可死掉，也不願看完那片電影。

h. 這已被用光，而那已被賣完。

甲.This is already used up and that is already sold out.

乙.This is all used and that is all sold.

i. There is nothing like a cigarette after dinner.

甲.晚餐後，連香菸的影子也沒有。

乙.飯後一支菸，快樂賽神仙。

j. 好了！好了！別再哭啦！

甲.Fine！ Fine！ Don't cry any more！

乙.There！ There！ Stop crying！

k. He is the last lawyer I would consult.

甲.他是我最不想諮詢的律師。

乙.他是我最後要諮詢的律師。

l. 再誠實的人也會說謊。

甲.It's an honest man that never tells a lie.

乙.Even an honest man will lie in this or that.

4. 下面是蘇東坡的〈水調歌頭〉以及有人給它的英文翻譯。[138]閱讀後請依指示回答問題。

明月幾時有，把酒問青天。

Will a moon so bright ever arise again？ Drink the wine and ask the sky.

不知天上宮闕，今夕是何年。

What is the year as tonight in the celestial imperial palace？

我欲乘風歸去，又恐瓊樓玉宇，高處不勝寒。

I'd like to take the wind and fly back to there, however, I worry the magnificent palace reared too desolate to stay.

起舞弄清影，何似在人間。

Dancing with my moonlit shadow, as if I am in the earth no more.

轉朱閣，低綺戶，照無眠。

The moonlight rise to detour round the red pavilion, then lower to illuminate through the carved windows, and shine an

[138] 此英譯，不知何人所為，但被展示在台中的國立自然科學博物館裡（在一個展示天文[月球盈虧]的空間）。

insomnious night.

不應有恨，何事長向別時圓。

Bearing no regret, why does the moon tend to be full when people are apart？

人有悲歡離合，月有陰晴圓缺，此事古難全。

Life is intermingled with sorrow and joy. The moon may be partial or full. It is always not to be satisfactory.

但願人長久，千里共嬋娟。

May we all be blessed with longevity and shared the same beauty of moon though far apart.

純就文法而言，這英文的翻譯就有不少錯誤或不妥之處。請問：

a. "What is the year as tonight…？" 裡的"as"是否應去掉？
b. "… fly back to there, however," 是否應改為"… fly back there；however,"？
c. "I worry the magnificent palace reared too desolate to stay" 是否應為"I worry（that）the magnificent palace（which was）reared is too desolate（for us）to stay in" 的句法才對？
d. "as if I am…" 是否應改為"as if I were…" 的假設語氣？

e. “in the earth no more” 是否應改為“no more on earth”？

f. “The moon rise…, then lower…, and shine…” 是否應改為“The moon rises…, then lowers…, and shines…” 或（更合宜的）“The moon rose…, then lowered…, and shone…”？

g. “to illuminate through the carved windows” 是否應改為“to illuminate the carved windows”？

h. “It is always not to be satisfactory” 是否應改為“It is not always to be satisfactory”？

i. “May we all be blessed… and shared…” 是否應改為“May we all be blessed… and share…”？

j. “the same beauty of moon” 是否應改為“the same moon’s beauty”？

從釋義與用字用語的角度來看，請問：

k. 「明月幾時有？」是“Will a moon so bright ever arise again？” 而不是“When is there a bright moon？”嗎？

l. 「把酒問青天」是命令人家“Drink the wine and ask the sky” 而不是詩人說“I held（up）the（wine-）cup and asked the sky”嗎？

m.「不知天上宮闕，今夕是何年」應是說在問青天時詩人同時“Not knowing what year tonight they have come to in the celestial palace” 嗎？

n.「我欲乘風歸去，又恐瓊樓玉宇，高處不勝寒」應是 “I'd like to take the wind and go there, but I fear（that）the magnificent buildings are too high and cold for me” 嗎？

o.「起舞弄清影，何似在人間」應是“I began to dance and play with my own shadows, feeling as if I were no longer on earth”嗎？

p.「轉朱閣，低綺戶，照無眠」應是“The moon then turned to the red pavilion, lowered to the carved windows, and shone on the sleepless one”（指無眠的詩人）嗎？「轉朱閣」是“detour（繞道而走）round the red pavilion” 嗎？「照無眠」是“shine an insomnious night”（照亮一個失眠的夜晚）嗎？

q.「不應有恨，何事長向別時圓」應是（詩人說他不應有恨，但又不解月亮長向別時圓所說的）“I ought not to regret, but why should the moon become full when people are separated（from each other）？” 嗎？難道是「月亮無恨」（the moon bearing no regret）嗎？

r.「人有悲歡離合，月有陰晴圓缺，此事古難全」應是說 “Man has their times of sorrow and joy, separation and union. The moon has its dark and bright, waxing and waning phases. Nothing is ever perfect all the time.”嗎？

s.「但願人長久，千里共嬋娟」應是“May we all live long to share the bright moon though（we are）far apart” 嗎？

蘇東坡依曲填詞，這首〈水調歌頭〉為「水調」的大曲之「前頭歌」，故此詞牌名可意譯為"Prelude to Water Melody／Tune"。但請問：

t. 詞裡各行的平仄節奏與句尾的押韻，在英譯時，能譯出嗎？
u. 如果要把這首詞當成歌曲來吟唱，英譯的句子能跟原文一樣簡短可唱嗎？

[作業參考答案及提示]

1. a.乙 b.甲 c.甲 d.乙 e.乙 f.乙 g.乙 h.甲 i.乙 j.乙（也可說out of work）k.甲 l.乙 m.乙 n.乙 o.甲 p.甲 q.甲 r.乙
2. a.乙 b.甲 c.乙 d.甲 e.甲 f.甲, 丙 g.甲，丁 h.乙,丙 i.乙，丁 j.甲，丁，已 k.乙，丁 l.甲，丁，已
3. a.甲 b.乙 c.甲 d.丁 e.甲 f.乙 g.乙 h.甲 i.乙 j.乙 k.甲 l.甲
4. a.是 b.是 c.是 d.是 e.是 f.是 g.是 h.是 i.是 j.是 k.應是後者 l.應是後者 m.是 n.是 o.是 p.是，不是，不是 q.是，不是 r.是 s.是 t.不太可能 u.不太可能

參考資料

英文書目

Austin, J. L. *How to Do Things with Words*. Oxford： Clarendon Press, 1962.

Barnstone, Willis. *The Poetics of Translation*： *History, Theory, Practice.* New Haven & London： Yale UP, 1993.

Bassnett, Susan, ed. *Translation Studies*. Revised Edition. London & New York： Routledge, 1988.

Bell, Roger T. *Translation and Translating*：*Theory and Practice.* London & New York： Longman, 1991.

Catford, J. C. *A Linguistic Theory of Translation*：*An Essay in Applied Linguistics.* Oxford： Oxford UP, 1965.

Chao, Yuen Ren. *A Grammar of Spoken Chinese*. Berkeley & Los Angeles： U of California P, 1968.

———. *Language and Symbolic Systems*. Cambridge： Cambridge UP, 1968.

Danziger, M. K. & Johnson, W. S. *An Introduction to Literary Criticism*. New York： D. C. Health & Co., 1966.

Dryden, John."On Translation." In Schulte & Biguenet, ed., *Theories of Translation*. 17-31.

Gentzler, Edwin, ed. *Contemporary Translation Theories*. Revised 2nd Edition. Clevedon： Multilingual Matters, Ltd., 2001.

Gile, D. *Basic Concepts and Models for Interpreter and Translator Training*. Amsterdam： John Benjamins, 1995.

Hirsch, E. D., Jr. *Validity in Interpretation*. New Haven：Yale UP, 1967.

House, Juliane."Universality versus Culture Specificity." Alexander Riccardi, ed. *Translation Studies：Perspectives on an Emerging Discipline*. Cambridge： Cambridge UP, 2002. 92-110.

Hugo, Friedrich."On the Art of Translation"（1965）. In Schulte & Biguenet, ed. *Theories of Translation*, 11-16.

Jakobson, Roman."On Linguistic Aspects of Translation"（1959）. In Schulte & Biguenet, ed., *Theories of Translation.* 144-151.

———. *Language in Literature.* Cambridge, MS： the Belknap Press of Harvard UP, 1987.

Newmark, Peter. *Approaches to Translation.* Oxford & New York： Pergamon Press, 1981.

———. *A Textbook of Translation.* New York： Prentice Hall, 1988.

Nida, Eugene A. *Toward a Science of Translating.* Leiden： Brill, 1964.

———. *The Theory and Practice of Translation.* Leiden： Brill, 1969.

Perrine, Laurence. *Sound and Sense*：*An Introduction to Poetry.* 5th Edition. 1980.

Postgate, J. P. *Translation and Translations*：*Theory and Practice.* London： G. Bell and Sons, 1922.

Quah, C. K. *Translation and Technology*. New York： Palgrave Macmillan, 2006.

Schulte, Rainer & John Biguenet, eds. *Theories of Translation*. Chicago： U of Chicago P, 1992.

Shiyab, Said & Michael Stuart Lynch. “Can Literary Style Be Translated？” *Babel* 52.3 （2006） ： 262-75.

中文書目

方　平（譯）。《麥克貝斯》，新莎士比亞全集第五卷。台北：貓頭鷹出版社，2000。頁229-331。

中啟社編委會。《英文作文與翻譯》。高雄：中啟社，1980。

白立平。〈「贊助」與翻譯：胡適對梁實秋翻譯莎士比亞的影響〉，《中外文學》，第30卷第7期，2001，No.355：159-177。

余也魯。〈從「傳理」論新聞翻譯〉。載於劉靖之（編），《翻譯論集》，頁257-274。

余光中。〈翻譯和創作〉。載於劉靖之（編），《翻譯論集》，頁121-134。

何　欣。〈胡適論翻譯〉。載於劉靖之（編），《翻譯論集》，頁64-67。

李　季（1984）。〈魯迅對於翻譯工作的貢獻〉。載於羅新璋（編），《翻譯論集》，頁303-314。

宋選銓（譯）。《中庸》（*The Practice of Impartiality and Harmony in Life*）。台北：大中國圖書公司，1965。

吳仲賢。〈科技術語譯名初探〉，載於羅新璋（編），《翻譯論集》，頁1010-1017。

林語堂（1932）。〈論翻譯〉。載於劉靖之（編），《翻譯論集》，頁32-47。

柯　平。《英漢與漢英翻譯》。台北：書林，1994。

思　果。《翻譯研究》。台北：大地出版社，1994。

侯　健。《從文學革命到革命文學》。台北：台灣大學中外文學月刊社，1974。

唐　人。〈翻譯是藝術〉。載於羅新璋（編），《翻譯論集》，頁522-526。

高克毅。〈廣播與翻譯〉。載於劉靖之（編），《翻譯論集》，頁246-255。

許淵沖。《文學翻譯談》。台北：書林，1998。

梁實秋（譯）。《李爾王》。台北：遠東圖書公司，1971-1977。

———。〈關於莎士比亞的翻譯〉，《翻譯的藝術》，梁實秋、余光中等著。台北：晨鐘出版社，1977。頁93-110。

張樹柏。〈談談科技論文的翻譯〉，載於劉靖之（編），《翻譯論集》，頁275-293。

湯雄飛。《中文英譯的理論與實例》。台北：書林，1986。

黃文範。《翻譯新語》。台北：東大，1989。

黃邦傑（1991）。〈翻譯的種類與標準〉。載於劉靖之（編），《翻譯工作者手冊》。台北：台灣商務印書館，1995。頁215-227。

———。《譯藝譚》。台北：書林，1993。

黃宣範。《中英翻譯：理論與實踐》（修訂版）。台北：文鶴，1986。

葛傳槼（1980）。〈漫談由漢譯英問題〉。載於劉靖之（編），

《翻譯論集》，頁234-245。

董崇選。《文學創作的理論與教學》。台北：書林，1997。

———。〈再論翻譯的三要〉，*Intergrams*, 10.2-11.1（2010）.

———。〈梁譯莎劇的信、達、恰〉。《編譯論叢》。第六卷第二期（2013年9月）。頁41-65。

———。〈大家一起翻〉，「懂更懂學習英文網站」（http://dgdel.nchu.edu.tw）

廖柏森等。《英中翻譯1》。台北：眾文，2013。

趙元任（1967）。〈論翻譯中信達雅的信的幅度〉。載於劉靖之（編），《翻譯論集》。頁48-63。

———（譯）。《阿麗思漫遊奇境記》。台北：仙人掌出版社，1970。

劉重德。《文學翻譯十講》。北京：中國對外翻譯出版公司，1991。

劉靖之（編）。《翻譯論集》。香港：中華商務聯合印刷公司，1981。

魯迅、瞿秋白。〈魯迅和瞿秋白關於翻譯的通信〉。載於劉靖之（編），《翻譯論集》，頁3-31。

錢歌川。《翻譯的技巧》。台北：台灣開明書店，1973。

蘇正隆&James St. Andre（編著）。《英語的對與錯》。台北：書林，1993。

羅新璋。《翻譯論集》。北京：商務印書館，1984。

嚴　復（1897）。〈天演論譯例言〉。載於劉靖之（編），《翻譯論集》，頁1-2。

秀威經典　　語文學習類　PD0080　學語言19

中英翻譯：
從理論到實踐

作　　者／董崇選
責任編輯／石書豪
圖文排版／周好靜
封面設計／蔡瑋筠

出版策劃／秀威經典
發 行 人／宋政坤
法律顧問／毛國樑　律師
印製發行／秀威資訊科技股份有限公司
114台北市內湖區瑞光路76巷65號1樓
電話：+886-2-2796-3638　傳真：+886-2-2796-1377
http://www.showwe.com.tw
劃撥帳號／19563868　戶名：秀威資訊科技股份有限公司
讀者服務信箱：service@showwe.com.tw
展售門市／國家書店（松江門市）
104台北市中山區松江路209號1樓
電話：+886-2-2518-0207　傳真：+886-2-2518-0778
網路訂購／秀威網路書店：https://store.showwe.tw
國家網路書店：https://www.govbooks.com.tw

2020年6月　BOD一版
定價：380元

國家圖書館出版品預行編目

中英翻譯 : 從理論到實踐 / 董崇選著. -- 一版.
-- 臺北市 : 秀威經典出版 : 秀威資訊科技發行, 2020.06
面；　公分. -- (語言文學類 ; PD0080) (學語言 ; 19)
BOD版
ISBN 978-986-98273-7-9(平裝)

1.翻譯

811.7　　109005618

讀者回函卡

感謝您購買本書，為提升服務品質，請填妥以下資料，將讀者回函卡直接寄回或傳真本公司，收到您的寶貴意見後，我們會收藏記錄及檢討，謝謝！如您需要了解本公司最新出版書目、購書優惠或企劃活動，歡迎您上網查詢或下載相關資料：http:// www.showwe.com.tw

您購買的書名：________________________________

出生日期：________年________月________日

學歷：□高中（含）以下　□大專　□研究所（含）以上

職業：□製造業　□金融業　□資訊業　□軍警　□傳播業　□自由業

□服務業　□公務員　□教職　□學生　□家管　□其它_____

購書地點：□網路書店　□實體書店　□書展　□郵購　□贈閱　□其他

您從何得知本書的消息？

□網路書店　□實體書店　□網路搜尋　□電子報　□書訊　□雜誌

□傳播媒體　□親友推薦　□網站推薦　□部落格　□其他________

您對本書的評價：（請填代號　1.非常滿意　2.滿意　3.尚可　4.再改進）

封面設計____　版面編排____　內容____　文／譯筆____　價格____

讀完書後您覺得：

□很有收穫　□有收穫　□收穫不多　□沒收穫

對我們的建議：________________________________

____

____

____

請貼
郵票

11466
台北市內湖區瑞光路 76 巷 65 號 1 樓

秀威資訊科技股份有限公司 收

BOD 數位出版事業部

....

（請沿線對折寄回，謝謝！）

姓　　名：＿＿＿＿＿＿＿＿　年齡：＿＿＿＿　性別：□女　□男

郵遞區號：□□□□□

地　　址：＿＿＿＿＿＿＿＿＿＿＿＿＿＿＿＿＿＿＿＿

聯絡電話：(日)＿＿＿＿＿＿＿＿＿＿(夜)＿＿＿＿＿＿＿＿＿＿

E-mail：＿＿＿＿＿＿＿＿＿＿＿＿＿＿＿＿＿＿＿＿